KB247349

교과서
수필 다보기 1

교과서 **수필** 다보기 1

초판 1쇄 발행 · 2013년 10월 10일
개정판 1쇄 발행 · 2020년 1월 9일
최신 개정판 1쇄 발행 · 2025년 9월 10일

엮은이   씨앤에이논술연구팀
펴낸이   이재종
펴낸곳   (주)씨앤에이에듀
주소   서울시 강남구 도곡로 63길 23, 302호
전화   02-501-1681
팩스   02-569-0660
전자우편   rainbownonsul@daum.net
ISBN   978-89-6703-877-9 44810
          978-89-6703-875-5 (세트)

• 이 책의 내용 전부 또는 일부를 재사용하려면 반드시 저작권자와 씨앤에이에듀 양측의 동의를 받아야 합니다.
• 책값은 뒤표지에 표시되어 있습니다.
• 잘못된 책은 구입하신 서점에서 바꾸어 드립니다.

2022
교육과정
반영

교과서
수필 다보기 1

씨앤에이논술연구팀 엮음

씨앤에이에듀

최신 개정판
《교과서 수필 다보기 1》을 펴내며

수필은 일정한 형식을 따르지 않고 인생이나 자연 또는 일상생활에서의 느낌, 체험 등을 생각나는 대로 쓴 글입니다. 곧 실제로 자신이 겪은 일을 바탕으로 쓴 글이기 때문에, 글쓴이의 개성과 통찰이 빛납니다. 수필을 읽다 보면 자연스레 우리의 생활을 돌이켜보고 그에 적용할 만한 생각, 즉 '생활 속의 철학'을 배우게 되는 것도 이 때문입니다.

무엇보다 다양한 수필을 읽으면서 세상의 많은 이야기들을 만나게 됩니다. 그리고 그 이야기를 통해 자신을 발견하고, 인간과 세계를 이해하며, 우리를 둘러싼 사회와 소통하게 됩니다.

다음은 이러한 수필의 성격을 잘 정의한 피천득의 〈수필〉 중 한 대목입니다.

수필의 재료는 생활 경험, 자연 관찰, 또는 사회 현상에 대한 새로운 발견 등 무엇이나 다 좋을 것이다. 그 제재가 무엇이든지 간에 쓰는 이의 독특한 개성과 그때의 기분에 따라, '누에의 입에서 나오는 액이 고치를 만들 듯이' 수필은 써지는 것이다. 수필은 플롯이나 클라이맥스를 필요로 하지는 않는다. 필자가 가고 싶은 대로 가는 것이 수필의 행로(行路)이다. 그러나 차를 마시는 것과 같은 이 문학은, 그 차가 방향을 가지지 아니할 때에는 수돗물같이 무미(無味)한 것이 되어 버리는 것이다.

최신 개정판 《교과서 수필 다보기 1》은 2022 개정 교육과정에 따라 2025년부터 중학교 1학년 학생들이 새롭게 배우게 될 국어 교과서 속 수필 작품을 한곳에 담았습니다. 더불어 청소년에게 이롭거나 도움이 될 만한 수필도 함께 소개하였습니다. 총 45편의 작품을 감상하며, 학생들은 국어 실력을 키우고 문해력의 기초를 탄탄히 다져 나갈 수 있을 것입니다.

책의 구성을 살펴보면, 1부 '경험과 성장' 편에서는 글쓴이의 경험을 바탕으로 사고를 넓힐 수 있는 수필을 제시하고 있습니다. 2부 '깊은 생각, 다른 시선' 편에서는 일상에서 길어 올린 깊은 생각과 남다른 시선이 돋보이는 수필을, 3부 '말, 글, 책' 편에서는 우리말과 글의 가치 및 독서의 중요함을 강조한 수필을, 4부 '더불어 세상'에서는 사회 반성적 수필로서 다 함께 생각할 만한 내용을 담은 수필을 각각 접할 수 있습니다. 부록 '작가 찾아보기'를 통해, 간략하게나마 글쓴이의 삶과 작품 경향을 살펴볼 수도 있습니다.

이로써 최신 개정판 《교과서 수필 다보기 1》은 학생들이 각자의 삶에서 생각의 깊이를 더할 수 있는 다양한 방법을 발견하는 데 유익한 길잡이가 될 것입니다. 또한 학생들의 사고를 확장시켜 다채로운 세상을 일구는 디딤돌이 될 것입니다. 이 책에 수록된 수필과 함께 그 첫 걸음을 힘차게 내디뎌 보시기 바랍니다.

2부

깊은 생각, 다른 시선

3부

말, 글, 책

4부

더불어 세상

일러두기

1. 2022 개정 교육 과정에 따른 10종의 중학교 1학년 국어 교과서에 수록된 수필과 청소년에게 유익한 수필을 골라 총 45편을 수록했습니다.
2. 교과서 수록본을 원본으로 삼되, 교과서에 간략히 소개된 수필의 경우 가능한 한 작품 전체를 보여 주어 맥락을 이해하는 데 도움이 되고자 했습니다.
3. 맞춤법과 띄어쓰기는 현행 표기법에 따랐습니다.

1부

경험과 성장

어느 날 자전거가
내 삶 속으로 들어왔다

성석제

처음으로 자전거를 배웠던 경험과 그 경험을 통해 글쓴이가 깨달음을 얻는 성장 과정이 잘 드러난 글입니다. 글쓴이는 긴장되던 자전거 타기에 성공하면서 벅찬 감동을 느낍니다. 그리고 계속 가지 않으면 쓰러지는 자전거처럼, 좌절하지 않고 계속해서 시도한다면 언젠가 무언가를 터득하게 된다는 것을 깨닫습니다.

초등학교 6학년 겨울, 추첨으로 중학교를 배정받고 보니 읍내에 둘 있는 중학교 중 공립이었고 아버지와 형이 졸업한 전통 있는 학교였다. 문제는 초등학교 때처럼 걸어서 다니기는 힘든 거리라는 점이었다. 버스가 다니지 않았고 자가용은 물론 없었다.

내 고향은 분지여서 산으로 둘러싸인 읍내는 평탄했고 집집마다 자전거가 없는 집이 없었다. 그렇긴 해도 아이들을 위해 자전거를 사 주는 부모는 극소수였다. 대부분의 아이들은 성인용 자전거의 삼각 프레임 사이에 다리를 집어넣고 페달을 밟아서 앞으로 진행하는, 곡예를 연상케 하는 자세로 자전거를 탔다.

나는 그런 아이들이 부럽기도 하고 경망스러워 보이기도 해서 운동 신경이 둔하다는 핑계로 자전거를 탈 생각을 하지 않고 있었다. 그러나 이젠 선택의 여지가 없었다.

내가 자전거를 배우기 위해 큰집에서 빌린 자전거는 읍내로 출퇴근하는 아버지의 자전거보다 더 무겁고 짐받이가 큰 '농업용' 자전거였다. 그 대신 자전거가 아주 튼튼해서 자전거를 배우자면 꼭 거쳐야 하는, '꼬라박기'를 무난히 감당해 낼 수 있을 듯 보였다. 내 몸이 그걸 견뎌 낼 수 있을지, 내 마음이 그 창피함을 견뎌 낼 수 있을지 의문스럽긴 했지만.

나는 오전에 자전거를 끌고 사람이 없는 운동장으로 갔다. 시멘트 계단 옆에 자전거를 세운 뒤 안장에 올라가서 발로 연단을 차는 힘으로 자전거의 주차 장치가 풀리면서 앞으로 나가도록 했다. 바퀴가 두 번도 구르기 전에 자전거는 멈췄고 나는 넘어졌다. 같은 식의 시행착오가 수백 번 거듭되었다. 정강이와 허벅지에 멍 자국이 생겨났고 팔과 손의 피부가 벗겨졌다. 나중에는 자전거를 일으키는 일조차 힘이 들었다. 마지막으로 쓰러졌을 때 어둠이 다가오고 있는 걸 알고는 막막한 마음에 자전거 옆에 한참 누워 있다가 일어났다.

동네로 돌아오는 길에는 오십 미터쯤 되는 오르막이 있었다. 오르막에 올라서서 숨을 고르다가 문득 내리막을 달려 내려가면 자전거를 쉽게 탈 수 있지 않을까 하는 생각이 들었다. 내리막 아래쪽은 길이 휘어 있었고 정면에는 내가 어릴 적 물장구를 치고 놀던 도랑이 기다리고 있었다. 그리고 그 옆에는 다음

어차피 가지 않으면 안 될 길,

나는 몸을 앞뒤로 흔들어 자전거를 출발시켰다.

해 봄에 거름으로 쓸 분뇨를 모아 두는 '똥통'이 있었다. 내가 자전거를 통제하지 못하게 된다면 결말은 단순했다. 운 좋으면 도랑, 나쁘면 똥통.

그럼에도 불구하고 나는 돌을 딛고 자전거에 올라섰다. 어차피 가지 않으면 안 될 길. 나는 몸을 앞뒤로 흔들어 자전거를 출발시켰다. 자전거는 앞으로 나아가기 시작했다. 페달을 밟지 않고도 가속이 붙었다. 나는 난생처음 봄을 맞는 장끼처럼 나도 모를 이상한 소리를 내지르며 자전거와 한 몸이 되어 달려 내려갔다. 가슴이 터질 듯 부풀었고 어질어질한 속도감에 사로잡혔다. 어느새 내 발은 페달을 차고 있었고 자전거는 도랑과 똥통 옆을 지나고 있었다. 나는 삽시간에 어른이 된 기분으로 읍내로 가는 길을 내달렸다.

그날 나는 내 근육과 뇌에 새겨진 평범한, 그러면서도 세상을 움직여 온 비밀을 하나 얻게 되었다. 일단 안장 위에 올라선 이상 계속 가지 않으면 쓰러진다. 노력하고 경험을 쌓고도 잘 모르겠으면 자연의 판단─본능에 맡겨라.

그 뒤에 시와 춤, 노래와 암벽 타기, 그리고 사랑이 모두 같은 원리에 따라 움직인다는 것을 나는 깨달았다. 비록 다 배웠다, 안다고 할 수 있는 건 없지만.

분지(盆地) 해발 고도가 더 높은 지형으로 둘러싸인 평지.
연단(演壇) 연설이나 강연을 하는 사람이 올라서는 단.
도랑 매우 좁고 작은 개울.

선물

성석제

어린 시절 아버지에게서 처음 받은 선물을 통해 경험한 바를 쓴 글입니다. 글 쓴이는 아버지의 첫 선물인 '강아지'를 통해 '연민'의 감정을 처음으로 느끼게 되고, 그 경험이야말로 '강아지'로부터 받은 '선물'이라 여깁니다. 어린 시절의 추억이 감동적으로 구현되는 가운데, 삶의 중요한 의미를 돌아보게 하는 글입 니다.

선물을 주고받는 문화를 낳는 터전은 유목적이고 도시적인 환경일 터인데 내가 태어나 자란 곳은 정착민, 농경의 세계였 다. 오늘이 내일 같고 내일이 어제 같아서 좀처럼 변하지 않는 풍경, 관계, 면면에서는 선물을 주고받을 일이 없었다. 식구끼 리 선물을 주고받는다는 건 상상할 수도 없었다.

그렇지만 나는 선물을 받은 적이 있다. 그것도 아버지에게서. "이건 네(게 주는) 선물."이라고 아버지가 말했기 때문에 그건 선물이 되었다. 개였다. 정확하게는 강아지였다.

아버지는 어느 날 점퍼 속에 강아지 한 마리를 넣어 왔다. 난

지 며칠이나 지났을까. 호떡을 싸는 종이 봉지에 들어갈 수 있을 정도로 작았다. 어린 시절 내게 개는 닭처럼 잡아먹지는 않는다고 하더라도 닭 이상으로 좋아할 것도 없는 동물이었다. 중학교 2학년 때 서울이라는 유목적이고 도시적인 환경으로 전학 온 내게 아버지가 선물이라며 준 강아지는 내가 그때까지 보아온 가축이 아니라 처치 곤란하고 '낯선 것'이었다. 그 이전에는 물론 그 뒤로 아버지는 한 번도 내게 선물을 준 적이 없다.

겨울밤이었고 아버지가 일평생 처음으로 선물이라며 종이 봉지 속에 든 강아지를 내게 줄 때 술 냄새가 났다. 나는 종이 봉지 속 강아지의 목덜미를 붙들어 현관 바깥 종이 상자 속에 내려놓았다. 가축은 집 안에 들일 수 없는 게 원칙이었다. 그때까지만 해도 나는 강아지를 선물로 생각하지 않았다. 아버지가 많은 식구 중 내게 주는 선물이라고 했지만 아버지가 그날 밤 집에 들어오면서 부딪친 첫 번째 식구가 내가 아니라 다른 사람이었다면 그의 선물이 되었을 가능성이 크다고 여겼다. 하지만 기분은 묘했다. 어쨌든 아버지에게서 처음 받은 선물이었으니까.

한밤중에 나는 선물이 우는 소리에 잠을 깼다. 내 옆, 옆과 그 옆, 그 옆에 자고 있는 그 누구도 잠을 깨거나 일어나지 않았다. 방을 나가서 바깥에 있는 화장실로 가기 위해 문을 열었을 때 선물이 우는 소리가 더욱 크게 들렸다. 사실 오줌이 마려웠던 것도 아니었다. 선물이 어떤 상태인지 알고 싶었던 것이었다. 그건 다리를 덜덜 떨며 끼잉거렸다. 나는 배가 고파서 우는 걸로 알았다. 부엌에 뭐가 있는지 몰라서 뭘 가져다줄 수 없었다.

밤이 아침을 선물하듯 강아지는 내게

난생처음 경험하는 연민의 감정을 선물했다.

나는 그날 저녁 내 몫으로 받고 아껴 먹다 남겨 둔 백설기를 가지고 나왔다. 접시에 물을 담아 백설기와 함께 큰맘 먹고 내밀었다. 선물은 내 선물에 관심이 전혀 없었다. 그저 낑낑거리며 다리를 떨며 울 뿐이었다. 나는 무시당한 데 대해 화가 났다. 선물을 철회했다. 백설기를 집어 들면서도 물은 그냥 두었다. 울다 보면 목이 멜지도 모르고 물은 그럴 때 먹으면 되니까.

방으로 돌아와 누웠을 때에도 선물의 울음소리는 계속해서 들려왔다. 천둥 치듯 아버지는 코를 골았지만 선물의 가느다란, 여린 낑낑거림은 정확하게 나의 청각을 자극하고 잠 못 들게 했다. 결국 다시 밖으로 나갔다. 철회했던 선물을 다시 주고 그 옆에 쭈그리고 앉았다. 선물의 머리를 쓰다듬기 시작하자 울음이 그쳤다. 선물은 너무 어려서 백설기를 먹을 수 없었다. 물을 마시지도 않았다. 다만 관심과 연민에 반응할 수 있을 뿐이었다. 관심과 연민의 공급이 중단되면 즉시 울음이 시작됐다. 결국 나는 내복 바람으로 날이 밝아 오는 것을 보았다.

아버지는 강아지를 선물했다. 나는 강아지에게 백설기를 선물했다. 밤이 아침을 선물하듯 강아지는 내게 난생처음 경험하는 연민의 감정을 선물했다.

면면(面面) 각 방면. 여러 면.
철회(撤回) 이미 제출하였던 것이나 주장하였던 것을 다시 거두어들이거나 번복함.
연민(憐憫/憐愍) 불쌍하고 가련하게 여김.

괜찮아

장영희

한마디 말의 힘을 생각하게 하는 수필입니다. 글쓴이는 어린 시절 어머니와 친구들 등 자신을 배려해 준 따뜻한 사람들 덕분에 세상이 살 만한 곳이라 믿게 되었다 합니다. 특히 깨엿 장수 아저씨에게 들었던 '괜찮아.'라는 말 한마디가 불러일으킨 용기와 격려와 희망 등을 떠올리며, 긍정적인 말 한마디가 세상을 움직일 수 있음을 넌지시 전합니다.

　　초등학교 때 우리 집은 제기동에 있는 작은 한옥이었다. 골목 안에는 고만고만한 한옥 네 채가 서로 마주 보고 있었다. 그때만 해도 한 집에 아이가 보통 네댓은 되었으므로 그 골목길에만 초등학교 아이들이 줄잡아 열 명이 넘었다. 그 때문에 학교가 파할 때쯤 되면 골목 안은 시끌벅적 아이들의 놀이터가 되었다.

　　어머니는 내가 집에서 책만 읽는 것을 싫어하셨다. 그래서 방과 후 골목길에 아이들이 모일 때쯤이면 어머니는 대문 앞 계단에 작은 방석을 깔고 나를 거기에 앉히셨다. 아이들이 노는 것을 구경이라도 하라는 뜻이었다.

딱히 놀이 기구가 없던 그때, 친구들은 대부분 술래잡기, 사방치기, 공기놀이, 고무줄놀이 등을 하고 놀았지만, 나는 공기놀이 외에는 어떤 놀이에도 참여할 수 없었다. 하지만 골목 안 친구들은 나를 위해 꼭 무언가 역할을 만들어 주었다. 고무줄놀이나 달리기를 하면 내게 심판을 시키거나 신발주머니와 책가방을 맡겼다. 그뿐인가. 술래잡기를 할 때는 한곳에 앉아 있는 내가 답답해할까 봐, 미리 내게 어디에 숨을지를 말해 주고 숨는 친구도 있었다.

우리 집은 골목 안에서 중앙이 아니라 구석 쪽이었지만 내가 앉아 있는 계단 앞이 친구들의 놀이 무대였다. 놀이에 참여하지 못해도 난 전혀 소외감이나 박탈감을 느끼지 않았다. 아니, 지금 생각하면 내가 소외감을 느낄까 봐 친구들이 배려해 준 것이었다.

그 골목길에서의 일이다. 초등학교 1학년 때였던 것 같다. 하루는 우리 반이 좀 일찍 끝나서 나 혼자 집 앞에 앉아 있었다. 그런데 그때 마침 깨엿 장수가 골목을 지나고 있었다. 그 아저씨는 가위만 쩔렁이며 내 앞을 지나더니 다시 돌아와 내게 깨엿 두 개를 내밀었다. 순간 그 아저씨와 내 눈이 마주쳤다. 아저씨는 아무 말도 하지 않고 아주 잠깐 미소를 지어 보이며 말했다.

"괜찮아."

무엇이 괜찮다는 것인지는 몰랐다. 돈 없이 깨엿을 공짜로 받아도 괜찮다는 것인지, 아니면 목발을 짚고 살아도 괜찮다는 것인지……. 하지만 그건 중요하지 않다. 중요한 건 내가 그날 마음을 정했다는 것이다. 이 세상은 그런대로 살 만한 곳이라고, 좋은 친구들이 있고, 선의와 사랑이 있고, '괜찮아.'라는 말처럼 용서와 너그러움이 있는 곳이라고 믿기 시작했다는 것이다.

어느 방송 채널에 오래전의 학교 친구를 찾는 프로그램이 있다. 한번은 어느 가수가 나와서 초등학교 때 친구들을 찾았는데, 함께 축구 시합을 하던 이야기가 나왔다. 당시 허리가 36인치일 정도로 뚱뚱한 친구가 있었는데, 뚱뚱해서 잘 뛰지 못한다고 다른 친구들이 축구팀에 끼워 주려고 하지 않았다. 그때 그 가수가 나서서 말했다.

"그럼 얜 골키퍼를 하면 함께 놀 수 있잖아!"

그래서 그 친구는 골키퍼로 친구들과 함께 축구를 했고, 몇십 년이 지난 후에도 그 따뜻한 말과 마음을 그대로 기억하고 있었다.

'괜찮아.' 난 지금도 이 말을 들으면 괜히 가슴이 찡해진다.

지난 2002년 월드컵 4강에서 독일에 졌을 때 관중들은 선수들을 향해 외쳤다.

"괜찮아! 괜찮아!"

혼자 남아 문제를 풀다가 결국 골든벨을 울리지 못하면 친구들이 얼싸안고 말해 준다.

"괜찮아! 괜찮아!"

'그만하면 참 잘했다.'고 용기를 북돋워 주는 말, '너라면 뭐든지 다 눈감아 주겠다.'는 용서의 말, '무슨 일이 있어도 나는 네 편이니 넌 절대 외롭지 않다.'는 격려의 말, '지금은 아파도 슬퍼하지 마라.'는 나눔의 말, 그리고 마음으로 일으켜 주는 부축의

'지금은 아파도 슬퍼하지 마라.'는 나눔의 말,

그리고 마음으로 일으켜 주는 부축의 말, 괜찮아.

말, 괜찮아.

참으로 신기하게도 힘들어서 주저앉고 싶을 때마다 난 내 마음속에서 작은 속삭임을 듣는다. 오래전 따뜻한 추억 속 골목길 안에서 들은 말.

"괜찮아! 조금만 참아. 이제 다 괜찮아질 거야."

아, 그래서 '괜찮아.'는 이제 다시 시작할 수 있다는 희망의 말이다.

파하다(罷--) 어떤 일을 마치거나 그만두다.
사방치기(四方--) 어린이 놀이의 하나. 땅바닥에 여러 공간을 구분해 그려 놓고, 그 안에서 납작한 돌을 한 발로 차서 차례로 다음 공간으로 옮기다가 정해진 공간에 가서는 돌을 공중으로 띄워 받아 돌아오는 놀이.
박탈감(剝奪感) 재물이나 권리, 자격 따위를 빼앗겼다고 여기는 느낌이나 기분.

엄마의 눈물

장영희

어머니의 희생과 사랑에 대한 감사가 느껴지는 글입니다. 글쓴이는 어린 시절의 일기를 뒤적이다, 소아마비로 등교조차 힘겨웠던 자신을 위해 어머니가 얼마나 애쓰셨는지 돌아보게 됩니다. 덕분에 글쓴이는 어려운 세상에서도 꿋꿋하게 살아올 수 있었음을 고백하며, 새삼 어머니에게 감사의 마음을 전하고 있습니다.

유학을 마치고 돌아온 지 십여 년이 지났지만, 그때 가져온 짐 보따리가 차일피일 미루다 보니 그대로 다락방에 방치되어 있었다.

어제는 불가피하게 미국 대학에서 썼던 자료들을 꺼내야 할 일이 있어 십 년 묵은 짐을 정리하는데, 다락 한구석에 '영희 짐'이라고 커다랗게 매직펜으로 쓰인 상자가 눈에 띄었다.

내가 유학 간 사이에 이 집으로 이사를 오면서 어머니가 내가 쓰던 물건들을 정리해 놓아둔 상자였다. 고등학교 때나 대학 때 친구들과 주고받았던 편지, 공책, 시험지 등 태곳적 물건들 가운데 아주 낡은 와이셔츠 갑 하나가 끼여 있었다.

열어 보니 신기하게도 초등학생 때의 물건들이 담겨 있었다. 어렴풋이 생각나는 것이, 어렸을 때 '생명'보다 더 아낀다고 생각했던 보물 상자였다. 동생들과 싸워 가면서 모았던 예쁜 구슬, 이런저런 상장들, 내가 좋아했던 만화가들의 만화를 흉내 내 그린 그림들, 그리고 맨 바닥에는 '3학년 7반 47번 장영희'라고 쓰인 일기장이 있었다.

호기심에 일기장을 대충 훑어보았다. 초등학교 3학년생이 썼다고 믿어지지 않을 만큼 꽤 세련된 필체로(오히려 지금 나는 악필로 소문나 있다.) '동생 태어난 날—앗, 또 딸이다!', '○○○ 초콜릿 전쟁', '이 세상에서 제일 미운 애' 등 재미있는 제목들이 눈에 띄었다.

나는 짐 푸는 것을 잠깐 접어 두고 본격적으로 일기를 읽어 나가기 시작했다. 삼십여 년이라는 세월이 무색할 정도로 작고 어둡던 다락방이 갑자기 열 살짜리 소녀의 꿈과 희망으로 환해지는 것 같았다.

일기는 매번 '이제는 동생과 사이좋게 놀아야지.', '다음번엔 벼락공부를 하지 말아야지.' 등 '해야지.'라는 결의로 끝나고 있었다. '결의'는 곧 '실행'이라고 생각하는 순진무구함이 재미있어 계속 일기를 넘기는데, 문득 12월 15일 자의 '엄마의 눈물'이라는 제목이 눈에 들어왔다.

오늘 아침에도 엄마가 연탄재 부수는 소리에 잠이 깼다. 살짝 문을 열어 보니 밤새 눈이 왔고 엄마가 연탄재를 양동이에 담고 계셨다. 올해는 눈이 많이 와서 우리 집 연탄재가 남아나지 않겠다. 학교 갈 때 보니 엄마가 학교까지 몇 번이나 왔다 갔다 하면서 깔아 놓은 연탄재 때문에 흰 눈 위에 갈색 선이 그어져 있었다. 그 위로 걸으니 별로 미끄럽지 않았다. 하지만 올 때는 내리막길인 데다 눈이 얼어붙는 바람에 너무 미끄러워 엄마가 나를 업고 와야 했다. 내가 너무 무거웠는지 집에 닿았을 때 엄마는 숨을 헐떡거리고 이마에는 땀이 송송 나 있었다. 추운 겨울에 땀 흘리는 사람! 바로 우리 엄마다.

그런데 나는 문득 엄마의 이마에 흐르는 그 땀이 눈물같이 보인다고 생각했다. 나를 업고 오면서 너무 힘들어서 우셨을까? 아니면 또 '나 죽으면 넌 어떡하니.' 생각하면서 우셨을까? 엄마 20년만 기다려요. 소아마비는 누워서 떡 먹기로 고치는 훌륭한 의사 되어 내가 엄마 업어 줄게요.

일기를 보면서 입에는 미소가, 눈에는 눈물이 돌았다. 꿈을 이루는 데 '누워서 떡 먹기'라는 표현을 쓰는 열 살짜리 어린아이의 세상에 대한 믿음이 재미있어 웃음이 났고, 학교에 가기 위해 모녀가 매일매일 싸워야 했던 그 용맹스러운 투쟁이 새삼 생각나 눈물이 났다.

돌이켜 보면 학창 시절, 내게 '학교에 간다.'라는 말은 문자 그대로 '간다'의 문제였다. 우리 집은 항상 내가 다니는 학교 근처로 이사를 하였기 때문에 학교까지는 고작 이, 삼백 미터 정도의 거리였지만, 그것도 내게는 버거운 거리였다. 게다가 비나 눈이라도 오는 날에는 학교에 가는 일이 그야말로 필사적인 투쟁이었다.

아침마다 우리 여섯 형제는 제각각 하루의 시작을 위해 대전쟁을 치렀는데, 어머니는 항상 내 차지였다. 다리 혈액 순환이 잘되라고 두꺼운 솜을 넣어 직접 지으신 바지를 아랫목에 넣어 따뜻하게 데워 입히시는 일에서 시작하여 세수, 아침 식사, 그리고 보조기를 신기시는 일까지, 그야말로 완전 무장을 하고 나서 우리 모녀는 또 '학교 가기' 전투를 개시하는 것이었다.

초등학교 3학년 때까지 어머니는 나를 업어서 데려다주셨지만, 그것으로 끝나는 게 아니었다. 화장실에 데려가기 위해 두 시간에 한 번씩 학교에 오셔야 했다.

그때 일종의 신경성 유뇨증 같은 것이 있었는지, 어머니가 오셨을 땐 가고 싶지 않던 화장실도 어머니가 일단 가시기만 하면 갑자기 급해지는 것이었다. 그 때문에 어머니는 항상 노심초사, 틈만 나면 학교로 뛰어오시곤 했다.

어머니와 내가 함께 걸을 때면 아이들이 쫓아다니며 놀리거나 내 걸음을 흉내 내곤 하였다. 지금 생각하면 신기하게도 초등학교에 들어갈 즈음에는 철이 없어서였는지 아니면 그 반대였는지, 적어도 겉으로는 그 놀림을 무시할 수 있었다. 오히려 일부러 보조기 구둣발 소리를 크게 내며 앞만 보고 걷곤 했다.

그러나 어머니는 쉽사리 익숙해지지 못하셨다. 아이들이 따라올 때마다 마치 뒤에서 누가 총이라도 겨누고 있는 듯, 잔뜩

눈이 오면 눈 위에 연탄재를 깔고,

비가 오면 한 손으로는 딸을 받쳐 업고 다른 한 손으로는

우산을 든 채 딸의 길과 방패가 되는 어머니의 하루하루.

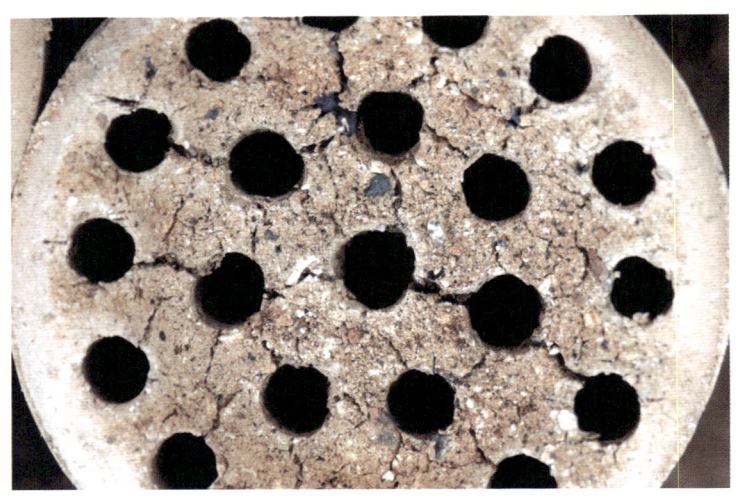

긴장한 채 머리를 꼿꼿이 쳐들고 걸으시다가 어느 순간 홱 돌아서서 날카롭게 "그만두지 못해! 얘가 너한테 밥을 달라던, 옷을 달라던!" 하고 말씀하시곤 하셨다.

언제나 조신하고 말 없는 어머니였지만, 기동력 없는 딸이 이 세상에 발붙일 수 있는 자리를 마련하기 위해서는 목숨 바쳐 싸워야 한다고 생각한 억척스러운 전사였다. 눈이 오면 눈 위에 연탄재를 깔고, 비가 오면 한 손으로는 딸을 받쳐 업고 다른 한 손으로는 우산을 든 채 딸의 길과 방패가 되는 어머니의 하루하루는 슬프고 힘겨운 싸움의 연속이었다.

그뿐인가, 걸핏하면 했던 수술과 수술 후 두세 달씩 이어졌던 병원 생활, 상급 학교에 갈 때마다 장애가 있다고 하여 입학시험을 보는 것조차 허락하지 않던 학교들……. 나 잘할 수 있다고, 제발 한 자리 끼워 달라고 애원해도 자꾸 벼랑 끝으로 밀어내는 세상에 그래도 악착같이 매달릴 수 있었던 것은 어머니 때문이었다.

어머니는 내 앞에서 한 번도 눈물을 흘리신 적이 없었고, 그것은 이 세상의 슬픔은 눈물로 정복될 수 없다는 말 없는 가르침이었지만, 가슴속으로 흐르던 '엄마의 눈물'은 열 살짜리 딸조차도 놓칠 수 없었다.

《신은 모든 곳에 있을 수 없기에 어머니를 만들었다》

어디선가 본 책의 제목이다. 오늘도 어디에선가 걷지 못하거나 보지 못하는 자식을 업고 눈물 같은 땀을 흘리며 끝없이 층계를 올라가는 어머니, "나 죽으면 어떡하지." 하며 깊이 한숨

짓는 어머니, '정상'이 아닌 자식의 손을 잡고 다른 사람들의 눈총을 따갑게 느끼며 머리를 꼿꼿이 쳐들고 걷는 어머니, 이 용감하고 인내심 많고 씩씩하고 하느님 같은 어머니들의 외로운 투쟁에 사랑과 응원을 보내며 보잘것없는 이 글을 나의 어머니와 그들에게 바친다.

태곳적(太古-) 아득한 옛적.
무색하다(無色--) 본래의 특색을 드러내지 못하고 보잘것없다.
노심초사(勞心焦思) 몹시 마음을 쓰며 애를 태움.

내 마음의 희망등

이순원

초등학생 시절 자신을 믿고 격려해 주신 '선생님'을 회상하며 쓴 글입니다. 글쓴이는 전기도 들어오지 않는 오지 아이들에게 자신감을 가르쳐 준 선생님을 떠올리며, 그분을 '희망등'에 비유하고 있습니다. 이 글에 소개된, 사람들의 눈길을 끌지만 대부분 열매를 맺지 못하는 "먼저 핀 꽃"보다 제대로 된 열매를 맺기 위해 더 많은 준비를 하는 "나중에 핀 꽃"이 되라던 '선생님'의 말씀은 깊은 공감을 불러일으킵니다.

지난봄, 초등학교 시절 담임 선생님이었던 은사님께서 정년 퇴임을 하셨다. 강릉에 계시는 권영각 선생님.

그분을 처음 만난 건 초등학교 5학년 때의 일이었다. 전기도 들어오지 않던 오지 마을에 그때 나이로 스물다섯 살쯤 된 새신랑 선생님이 전근을 오셨다. 다른 선생님들은 강릉에서 자전거로 통근을 했지만, 이 선생님은 전근을 오신 지 한 달 만에 학교 옆에 방 한 칸을 얻어 들어오셨다.

강릉 시내에서 시골 학교까지 자전거를 타고 다니기가 불편해서가 아니었다. 지금도 고등학교와 대학교의 입시 열풍이 대단하지만, 그때는 중학교까지 입학시험을 봐서 들어가던 때라 도시의 6학년 아이들은 거의 모두 입시 과외를 했다. 강릉 시내의 초등학교 6학년 아이들도 그랬다.

그렇지만 나와 친구들에게 '과외'는 꿈조차 꿀 수 없는 다른 세상의 이야기였다. 선생님은 낙후된 벽촌에서 도시의 아이들보다 상대적으로 불리한 여건에서 공부를 하는 우리를 위해 일부러 전기도 들어오지 않는 마을에 들어와 신혼살림을 차린 것이다.

그때 우리가 배운 것은 단순히 학교 공부만이 아니었다. 선생님이 우리에게 가르쳐 주신 것은 '자신감'이었다. 공부에 대한 자신감이 아니라 앞으로 어른이 되어 세상을 살아가는 동안 어디 나가서도 기죽지 않고 자신의 뜻을 펼칠 자신감을 어린 가슴마다 심어 주셨다.

가난한 시골 마을이다 보니 한 학년에 쉰 명쯤 되는 아이들의 3분의 1은 가정 형편상 중학교 진학을 포기해야만 했다. 우리가 6학년이 되었을 때, 학기 초부터 선생님은 한 명의 제자라도 더 중학교에 보내려고 논둑으로 밭둑으로 아이들의 부모를 찾아다니며 설득했다. 어떤 집은 십 리 길을 세 번 네 번 찾아가기도 했다. 그런 선생님 덕에 우리 반은 우리 한 해 위나 한 해 아래 반보다 더 많은 아이들이 중학교에 갈 수 있었다.

어둠이 깔리기 시작하면 우리 책상 위에는 등잔불이, 선생님 책상 위에는 작은 남포등이 불을 밝혔다. 선생님 책상 위에 불을 밝히던 남포등에는 '희망등'이라는 글자가 새겨져 있었다. 아마도 그 남포등을 만든 사람은 그 등이 단순히 어둠을 밝히는 것이 아닌 희망을 비춰 주는 것이 되기를 바랐던 게 아닌가 하는 생각이 든다.

그 이름 탓인지 우리는 자연스럽게 그 남포를 '희망등'이라고 부르고, 선생님은 '희망등 선생님'이라고 불렀다. 그때 선생님은 공부뿐 아니라 선생님의 별명 그대로 우리에게 앞날에 대한 '희망'과 '내일'을 가르쳐 주신다는 것이 어린 마음에도 가늠이 되었기 때문이다.

사람들은 지금 내가 소설을 쓰고 있으니까 어린 시절부터 문학적 소양 같은 것이 반짝반짝했을 거라고 생각하는 것 같다. 나 역시 다른 작가들에 대해서 그렇게 생각할 때가 많다. 저 친구는, 혹은 저 후배는 아마 어린 시절부터 문학적으로 반짝반짝 빛나는 구석이 많았을 거라고.

그러나 겸손의 말이 아니라, 나는 대학에 입학하기 전까지 단 한 번도 백일장 같은 곳에 나가 상을 받아 본 적이 없다. 초등학교 시절엔 초등학교 시절대로 그랬고, 중·고등학교 시절엔 중·고등학교 시절대로 그랬다. 나는 언제나 그런 상으로부터 멀찌감치 떨어져 있던 아주 평범한 소년이었다.

5학년 2학기 때의 일이다. 나는 교내 백일장에서는 물론 군 대회같이 큰 백일장에 나가서도 매번 떨어지기만 했다. 그때도 역시나 군 대회에 나가 아무 상도 받지 못하고 빈손으로 돌아온 다음이어서 어린 마음에도 나는 참으로 크게 낙담했다. 선생님은 그런 나와 학교 운동장 가에 있는 커다란 나무 아래에 나란히 앉아서 이런 말씀을 하셨다.

"지금은 단풍이 한창이지만 봄에는 나무에서 꽃이 피지?"

"예."

"너희 집에는 어떤 꽃나무가 있니?"

"매화나무도 있고, 살구나무도 있고, 배나무도 있어요."

"그래. 그러면 매화나무 예를 한번 들어 보자. 같은 매화나무에도 먼저 피는 꽃이 있고, 나중에 피는 꽃이 있지?"

"예."

"그러면 먼저 핀 꽃과 나중에 핀 꽃 중에 열매를 맺는 건 어느 꽃일까?"

나는 얼른 대답하지 못했다. 그러자 선생님께서 말씀하셨다.

"매화나무는 나무들 가운데에서도 이른 봄에 빨리 꽃을 피우는 나무란다. 그런 매화나무 중에서도 다른 가지보다 더 일찍 피는 꽃이 있지. 다른 가지에서는 아직 꽃이 피지 않았는데 한 가지에서만 일찍 꽃이 피면 그 꽃은 사람들의 눈길을 끌게 마련이지. 그렇지만 선생님이 보기에 그 나무 중에서 제일 먼저 핀 꽃들은 대부분 열매를 맺지 못하더라. 제대로 된 열매를 맺는 꽃들은 늘 더 많은 준비를 하고 뒤에 피는 거란다."

"……."

"이번 군 대회에 나가서 아무 상도 받지 못하고 오니까 속이 상하지?"

"예."

"그래서 이렇게 기운이 없고?"

그때 우리가 배운 것은 단순히 학교 공부만이 아니었다.

선생님이 우리에게 가르쳐 주신 것은 '자신감'이었다.

"……."

차마 그렇다고 대답은 할 수가 없었다. 선생님 얼굴도 바라볼 수 없어 나는 그저 고개를 떨어뜨리고 가만히 땅바닥만 내려다보고 있었다.

"나는 네가 그렇게 어른들 눈에 보기 좋게 일찍 피는 꽃이 아니라, 이다음에 큰 열매를 맺기 위해 천천히 피는 꽃이라고 생각한다. 너는 지금보다 어른이 되었을 때 더 큰 재주를 보일 거야."

그때는 그 말의 의미를 정확하게 몰랐다. 그러나 뭔가 조금은 알 것 같기도 했다. 선생님은 덧붙여 이다음에 꼭 좋은 글을 쓰는 작가나 시인이 되고 싶다면, 그때 남들보다 더 큰 열매를 맺기 위해서라도 지금은 책을 많이 읽으라고 하셨다.

"선생님은 이다음 네가 꼭 큰 작가가 되어 선생님도 네가 쓴 책을 읽게 될 거라고 믿는다. 너는 일찍 피었다가 지고 마는 꽃이 아니라 남보다 조금 늦게, 그렇지만 큰 열매를 맺을 꽃이라고 믿는다. 선생님이 보기에 너는 클수록 점점 더 단단해지는 사람이거든."

아마 그때부터였을 것이다. 나는 닥치는 대로 집과 학교에 있는 책을 읽었고, 초등학교를 졸업할 때까지 그 의미를 제대로 이해하든 이해하지 못하든 당시 삼중당에서 나온 《한국 문학 대계》 열두 권짜리 두꺼운 책들을 다 읽어 냈던 것이다. 어른들이 읽는 《삼국지》도 초등학교 시절 몇 번을 읽었는지 모른다.

나는 지금도 어린 시절의 독서가 내 작가 생활의 가장 큰 자양이 되고 있다고 생각한다.

나에게만 그랬던 것이 아니라, 저마다 방법이 달랐지만 우리 친구들 모두 그 '희망등 선생님'에게 그런 사연 하나씩은 가지고 있다.

너는 손재주가 참 대단하구나, 또 너는 이런 것을 잘하는구나, 그리고 너는 또 저런 것을 참 잘하는구나…….

또 집안이 가난해 중학교를 가지 못하는 아이에겐, 지금은 집안이 가난해 중학교를 가지 못해도 너는 부지런하니까 이 부지런함만 잃어버리지 않는다면 어른이 되어서도 큰 부자로 살 거다, 하고 선생님은 우리들 하나하나에게 그런 말씀으로 용기를 주셨다.

나는 스물한 살 때부터 본격적으로 작가 수업을 했다. 그러다 보니 신춘문예에만도 열 번 넘게 떨어졌다. 처음 몇 해 동안은 아직 내 공부가 모자라니까 하는 생각으로 버틸 수 있었지만 떨어지는 햇수가 계속되다 보니 중간중간 이것이 정말 내가 가야 할 길인가 하는 회의가 들 때도 많았다. 혹시 재주도 없이 열정만 믿고 이 길로 나선 게 아닌가 싶은 불안감이 들었던 것이다.

그때 다시 힘을 내라는 좋은 얘기들과 격려도 많았지만, 이런저런 회의로 불안한 나를 다시 책상에 불러 앉혀 더욱더 치열한 습작 생활을 하게 했던 것은 어린 시절 그 나무 아래에서 들었던, '너는 제대로 열매를 맺을 큰 꽃이 될 거다.'라는 선생님의 말씀 한마디였다. 내가 이제 그만 그 자리에 주저앉고 싶을 때마다 그 말씀이 또 한 번의 희망과 오기를 가지게 했다.

내가 작가가 되었을 때, 또 작가 생활을 하며 이런저런 문학 상을 받게 되었을 때 가족 다음으로 가장 먼저 전화를 드리는 분도 바로 내 어린 시절의 '희망등 선생님'이시다.

그 선생님은 나에게만이 아니라 나와 함께 선생님 댁을 찾아 뵈었던 우리 집 아이에게도 인생에 큰 힘이 될 만한 가르침을 주셨다.

아이가 초등학교 4학년 때 내가 선생님께 약주를 대접하는 옆에 앉아 있다가 조심스럽게 말을 꺼냈다.

"우리 아빠를 이렇게 훌륭하게 키워 주신 아빠 선생님께 저도 술을 한잔 따라 드리고 싶습니다."

이 말을 들은 선생님께서 우리 아이에게 이렇게 말씀해 주셨다.

"선생님은 네가 다니는 학교의 선생님이 아니어서 네가 공부를 잘하는지 못하는지 알 수가 없다. 그렇지만 선생님이 보기에 너는 나이가 어린데도 인사성이 밝고, 또 이렇게 어른들을 즐겁게 해 주는 마음도 넓은 걸 보니 이다음에도 많은 사람들이 너를 좋아하겠구나. 그리고 너도 많은 사람들의 마음을 즐겁게 해 주는 아주 좋은 사람이 되겠구나."

내가 보기에 우리 아이도 그날 선생님의 말씀을 듣고 큰 자신감을 얻은 듯했다. 앞으로 자신이 사람을 어떻게 대해야 할지를 그날 그 말씀 한마디로 완전하게 배운 듯했다. 또 그것이 아이에게 어떤 일에서든 늘 자신감을 주는 것 같았다. 그때 선생님이 아이에게 말씀하셨던 것도 바로 자신감에 대해서였다.

"다른 아이들이라면 그러고 싶은 생각이 있어도 이렇게 말하기가 쉽지 않은데, 아빠 선생님에게 술을 따라 드리고 싶다고 말하는 것도 큰 자신감이란다. 이 자신감만 가지면 너는 이 세상에서 어떤 일을 해도 다 잘할 수 있을 것이다."

사람이 어린 시절 누구에게 어떤 말을 듣느냐에 따라 달라질 수 있다는 걸 나는 어린 시절 내 모습에서도 보고, 지금 중학교 3학년이 된 내 아들의 모습에서도 본다. 같은 선생님께 받은 가르침으로 인해서.

벽촌(僻村) 외따로 떨어져 있는 궁벽한 마을.
남포등(--燈) 석유를 넣은 그릇의 심지에 불을 붙이고 유리로 만든 등피를 끼운 등.
가늠 목표나 기준에 맞고 안 맞음을 헤아려 봄.
소양(素養) 평소 닦아 놓은 학문이나 지식.
자양(滋養) 자양물(자양분이 많은 물질). 정신의 발전이나 성장에 도움을 주는 것을 비유적으로 이르는 말.
습작(習作) 시, 소설, 그림 따위의 작법이나 기법을 익히기 위하여 연습 삼아 짓거나 그려 봄.
약주(藥酒) 약으로 마시는 술.

따뜻한 조약돌

이미애

어린 시절 가슴 훈훈한 경험을 통해, 세상을 살아가는 힘은 사랑임을 말하고 있는 글입니다. 글쓴이는 어릴 적 가난했던 친구 집에 놀러갔다가 집으로 돌아오는 길에 그 친구의 아버지가 건넨 따뜻한 조약돌을 떠올리고 있습니다. 그 조약돌은 어찌 보면 별것 아니지만, 상대방을 생각하는 따뜻한 배려의 마음이 담긴 의미 있는 물건으로 그려지고 있습니다.

　6학년 땐가 몹시도 추웠던 겨울이었습니다. 점심시간이면 말 없이 사라지는 아이가 있었습니다. 반 친구들로부터 이유 없이 따돌림을 받던 아이는 늘 그렇게 혼자 굶고 혼자 놀았습니다. 그러던 어느 날 그 아이가 다가와 쪽지 하나를 내밀었습니다.

　"은하야, 우리 집에 놀러 갈래?"

　그 애와 별로 친하지 않았던 나는 좀 얼떨떨했지만 모처럼의 제의를 거절할 수가 없었습니다.

　"그래, 수업 끝나고 보자."

　그날따라 날이 몹시 추웠습니다. 발가락이 탱탱하게 얼어붙

나는 세상 그 무엇보다 따뜻한 돌멩이 난로를
가슴에 품은 채 집으로 돌아왔습니다.

고 온몸이 오그라드는 것 같았지만 한참을 가도 그 애는 다 왔다는 말을 하지 않았습니다. 괜히 따라나섰다는 후회가 밀려오고 그냥 집으로 돌아가고 싶은 생각이 치밀기 시작할 때쯤 그 애가 멈춰 섰습니다.

"다 왔어. 저기야, 우리 집."

그 애의 손끝이 가리키는 곳에는 바람을 막기도 어렵고 함박눈의 무게조차 지탱하기 힘들어 보이는 오두막 한 채가 서 있었습니다. 퀴퀴한 방 안엔 아픈 어머니와 어린 동생들이 옹기종기 모여 있었습니다.

"아, 안녕하세요?"

"미안하구나. 내가 몸이 안 좋아 대접도 못하고……."

내가 마음을 풀고 그 애의 동생들과 놀아 주고 있을 때 품팔이를 다닌다는 그 애 아버지가 돌아오셨습니다.

"어이구, 우리 딸이 친구를 다 데려왔네."

그 애 아버지는 딸의 첫 손님이라며 날 반갑게 대했고, 나는 친구와 즐겁게 놀았습니다.

날이 저물 무렵 그 애 집을 나설 때였습니다.

"얘야, 잠깐만 기다려라."

"저……. 이거. 줄 게 이거밖에 없구나."

그 애 아버지가 장갑 낀 내 손에 꼭 쥐여 준 것, 그것은 불에 달궈 따뜻해진 조약돌 두 개였습니다. 하지만 그 조약돌 두 개보다 더 따뜻한 것은 그다음 내 귀에 들린 한마디 말이었습니다.

"집에 가는 동안은 따뜻할 게다. 잘 가거라."

나는 세상 그 무엇보다 따뜻한 돌멩이 난로를 가슴에 품은 채
집으로 돌아왔습니다.

퀴퀴하다 상하고 찌들어 비위에 거슬릴 정도로 냄새가 구리다.
품팔이 품삯을 받고 남의 일을 해 주는 일. 또는 그런 사람.

누에와 천재

어린 시절 경험을 통해, 재주 없음을 탄식하기보다 열심히 노력하는 것이 중요함을 깨달아 쓴 글입니다. 글쓴이는 어린 시절, 누에를 먹으면 비상한 재주를 얻을 수 있다는 어른들의 말을 믿고 억지스럽게 누에를 삼킨 일이 있습니다. 그리고 이를 통해 요행을 바라지 말고 겸손하고도 성실하게 사는 것이야말로 삶의 중요한 태도임을 깨닫습니다.

서당에 다니던 내가 긴 머리꼬리를 잘라 버리고 외숙을 따라 충청도에 갔을 때에 생긴 우스운 이야기의 한 토막이다.

나는 거기서 간이(簡易)한 산수와 일어를 얼마 동안 익혀 가지고 보통학교 1학년에 중도(中途) 입학을 하였다.

내 외숙은 일찍 개화한 분이며, 내 외숙모는 외숙의 지시로 신식법으로 누에를 여러 장 쳐서 적지 않은 수입을 올렸다.

작은 개미 같은 새까만 어린 누에들을 누에씨에서 쓸어 낸 것이 며칠 안 되는 성싶은데, 벌써 손가락만큼씩 큰 누에들이 손바닥 같은 뽕잎을 서걱서걱 먹어 내려가고 있는 것이 신기하고도 대견스러웠다.

내가 외숙모 옆에 서서 잠박에 가득 찬 누에들을 보고 있노라면, 깊은 밤 창밖에 내리는 봄비 소리를 듣고 있는 듯한 착각을 일으키곤 했다. 여러 마리의 누에들이 뽕을 먹는 그윽한 소리는 내 마음을 착 가라앉게 해 주었다. 그리고 옥비녀같이 희고도 탐스러운 누에들은 내 눈앞에서 무럭무럭 몸뚱이들이 자라나고 있는 듯하였다.

오래지 않아 이 버러지들의 입에서 윤이 흐르는 보드라운 비단실이 술술 한정 없이 나와서 옥구슬 같은 고치가 눈송이처럼 지어질 것이다. 그리고 그 고치들은 다시 내 외사촌 누나들의 손으로 정성스레 풀려서 가지가지의 무늬진 비단으로 짜여질 것이다. 바라보면 바라볼수록 누에들이 신비스럽고 대견스러웠다. 내가 이런 생각을 하면서,

"외숙모, 누에는 참 재주도 좋아."

혼잣소리로 감탄하고 있노라니, 뽕을 주던 외숙모가 빙그레 웃으시면서,

"그렇고말고, 재주가 좋고말고."

이렇게 내 말에 찬동(贊同)해 주는 것이었다. 그런데 외숙모는 또 이런 이야기를 들려주었다.

"예전 노인들이 그러시는데, 누에를 먹기만 하면 사람들도 비상한 재주가 생긴대. 그러나 그것을 어떻게 먹을 수가 있어야지."

나는 '비상한 재주'라는 한마디에 그만 귀가 번쩍 뜨였다. 그래서 입속으로 '비상한 재주, 비상한 재주' 하고 되뇌어 보았다. 그

리고 '정말 그럴지도 몰라. 참말일 거야.' 하는 생각이 들었다.

"외숙모, 얼마나 큰 누에를 몇 마리나 먹으면 된대요?"

하고 내가 슬쩍 물어보았더니, 외숙모는,

"왜, 너 정말 누에를 먹어 보런?"

하시면서 나를 유심히 내려다봤다. 나는 얼떨결에,

"아아뇨, 그걸 징그럽게 어떻게 먹어요?"

하고 딴전을 피웠다. 외숙모는 소리를 내어 킬킬 웃으시면서,

"먹기로 한다면야 제일 큰 것으로 다섯 마리쯤은 먹어야 약이
될걸."

이렇게 말씀하셨다.

'제일 큰 것으로 다섯 마리'. 나는 이것을 똑똑하게 기억해 두
지 않을 수가 없었다. 중요한 정보였다. 그리고 몇 번이고 '누에
와 비상한 재주'에 대하여 속으로 되뇌어 보았다.

어느 날, 20리가 넘는 학교 길을 서둘러서 일찌감치 집으로
돌아왔다. 그리고 아무도 없는 잠실에 들어가 보았다. 오령이
된 누에들은 섶이 가득하게 얹힌 잠박 위에서 고치 지을 자리를
찾아 헤매기도 하고, 벌써 머리를 휘둘러 우리를 치는 놈들도
있었다. 누에는 이제 다 올라간 것이다. 이 기회를 놓친다면 올
해에는 그 '비상한 재주'에 약이 되는 누에를 먹을 기회가 없어
지고 마는 것이다.

반짝반짝하는 비단실이 뽑혀 나오는 누에들을 바라보고 있노
라니 "비상한 재주가 생긴대." 하시던 외숙모의 목소리가 또렷
하게 가슴에 되살아났다.

입에서 윤이 흐르는 보드라운 비단실이 술술 한정 없이 나와서

옥구슬 같은 고치가 눈송이처럼 지어질 것이다.

나는 결심을 했다. 잠박 위의 섶을 뒤지면서 누에를 이것저것 집어 들었다 되놓았다 하면서 골라 보았다. 그렇게 징글맞게 커 보이던 누에들이 어쩐지 집어 보면 모두 작은 것만 같았다. '더 큰 놈은 없을까?' 하고 한참 동안을 뒤적거렸다. 나는 제일 굵고 탐스러운 누에 한 마리를 우선 골라 추켜들었다.

'이런 것 다섯 마리만 먹어 놓는다면, 나는 힘 안 들이고 학기마다 첫째를 하고 우등상을 타게 될 것이다.'

이렇게 생각하니 용기가 솟아나고 앞이 환해지는 것 같았다. 누에를 먹으려는 나의 결심은 이제 무엇으로도 돌이킬 수가 없을 정도로 확고해져 있었다.

누에 꽁지를 쥐고 쳐들어 입에다 넣으려고 하니, 누에가 머리를 내두르며 손가락에 들러붙는 것이었다. 그러나 이미 결심이 이처럼 굳게 섰으니 놓아줄 수야 있겠는가? 눈을 꼭 감고 입을 크게 벌리고 누에를 입속으로 집어넣었다.

입속이 뜨겁고 컴컴해서인지 누에는 꿈틀거리고 뒤틀고 들러붙고 하면서 못 견디어 했다. 상상했던 것보다 딴판으로 야단을 치는 것이었다. 그러므로 도저히 삼켜질 것 같지가 않았다.

'그대로 어금니 사이에 넣고 꽉 깨물어서 삼켜 버릴까?' 하고 생각했으나, 터진 누에가 입안에 흥건할 것을 상상해 보니, 이건 참 못하겠다는 생각이 들었다. 그리고 그 깨끗한 누에를 고스란히 삼켜서 곱게 내 몸속에 흡수시켜야 그 '비상한 재주'가 조금도 허실이 없이 내 것이 될 것만 같았다.

나는 잠시 혼란해지려는 마음을 가다듬고 그대로 삼켜 보려고 안간힘을 썼다. 누에는 시간이 지날수록 야단이고, 속에서 욕지기가 나서 배 속에 있는 것이 모두 올라올 것만 같았다.

나는 한 손으로 입을 막고 다시 죽을힘을 다하여 혓바닥을 안으로 욱이기도 하고, 목구멍을 크게 벌려 보기도 하면서 갖은 노력을 다했다. 그러면 그럴수록 이 징그럽게 큰 누에도 최대한의 저항을 계속하는 것이었다. 땀이 비 오듯 하였다.

그러나 나의 의지와 인내와 욕망은 누에를 목구멍 너머로 넘기는 데 기어이 성공했다. 그러나 식도에서도 위 속으로 순순히 들어가지 않고 꿈틀거리고 들러붙고 야단이었다. 나는 '비상한 재주'의 5분의 1을 이렇게 삼킨 것이었다. 이제 몹시 힘이 들기는 했지만, 다음 순서를 중지할 수는 없었다. 다시 두 마리째, 세 마리째, 네 마리째, 차례로 목구멍 너머로 넘기는 데 성공했다.

땀은 쉴 새 없이 흘러서 중의 적삼은 물에서 건져 낸 듯이 젖었다. 이렇게 해서 다섯 마리의 누에를 저녁 밥상이 들어오기 전에 다 먹기에 성공한 것이다.

위 속에서 다섯 마리의 커다란 누에들이 한데 엉키어 꿈틀거리는 것이 눈에 보이는 듯했다. 그러나 나는 '이제 비상한 재주를 배 속에 넣고 있다.' 하는 한 가지 기쁨에 모든 어려움과 괴로움을 극복할 수 있었다. 나는 잠실 문을 열고 재빨리 나와 내 방으로 들어갔다. 이 비밀을 단단히 간직해야 하겠기 때문이었다.

저녁 밥상 앞에 앉았을 때 외숙모는 나를 유심히 바라보시면서,

"너 무엇을 했기에 옷이 그렇게 젖었니?"

하고 의아스러운 표정으로 물었으나, 누에를 먹느라고 그렇다

고 대답할 수가 없어서 어물어물해 버렸다. 만일 내가 누에를 다섯 마리나 산 채로 삼켰다는 사실을 말해 버린다면, 분명히 온 동네에 소문이 퍼질 뿐더러, 다른 아이들이 곧 나처럼 누에를 먹을지도 모를 일이었다. 그렇게 된다면 나의 '비상한 재주'는 아무런 보람이 없어질 것이 아닌가? 그날 나는 속이 느글거려서 저녁은 몇 술 못 뜨고 말았다.

그런데 웬일인지 이렇게 힘들여서 먹은 누에의 효과는 도무지 나타나지를 않았다. '며칠 후부터는 비상한 재주가 나올는지 모르지. 아니 몇 달 후부터는 비상한 재주가 나올는지 모르지.' 하고 끈덕지게 기다려 보았으나, 전에 없던 재주가 솟아나는 것 같지도 않고, 숙제도 꼬박꼬박 힘들여 해 가야 했다.

지금도 섶에 올린 굵다란 누에를 볼 때마다 내 어릴 적의 철없던 일을 회상하고 혼자 웃는 일이 있다. 그리고 이런 생각을 해 본다. 만일 그 다섯 마리의 누에가 내 배 속에 들어가서, 그들의 비상한 재주를 정말로 내게 주어서 내가 비상한 재주꾼이 되었다고 가정해 보자. 나는 필연코 지금쯤은 그 재주를 믿고서 교만하고 게을러져서 어떤 어둡고 슬픈 골짜기 속에 떨어져 헤매고 있을지도 모른다.

스스로 둔함을 알고 모든 일에 노력해 보려는 이 작은 밑천마저 그 재주가 앗아 가지고 갔을 것이 틀림없다. 나이가 들어갈수록 나는 점점 '비상한 재주'에 대한 매력이 없어지고, 오히려 둔해 보이고 어리석어 보이는 사람들에게 존경과 친밀과 친화가 생긴다. 진정 어리석은 사람들의 친구가 되어 보고 싶은 것

우리의 인생에서는 재주 없음을 탄식하기보다는
노력이 부족함을 뉘우치는 것이 현명하다고 할 것이다.

이 지금의 솔직한 심정이다. 나는 '비상한 재주'가 확실히 생긴다고 하더라도, 다섯 마리의 누에를 산 채로 삼키는 일을 반복하지 않을 것이다.

　우리의 인생에서는 재주 없음을 탄식하기보다는 노력이 부족함을 뉘우치는 것이 현명하다고 할 것이다. 뉴턴의 겸손과 에디슨의 노력이 그들이 이룬 발견과 발명보다 더 귀중한 유산이라 생각한다.

머리꼬리 땋은 머리의 꼬리.
잠박(蠶箔) 누에를 치는 데 쓰는 채반.
고치 누에가 번데기로 변할 때에 실을 토하여 제 몸을 둘러싸서 만든 둥글고 길쭉한 모양의 집.
잠실(蠶室) 누에를 치는 방.
오령(五齡) 누에가 네 번째 잠을 잔 뒤부터 섶에 올릴 때까지의 사이. 다섯 번째의 탈피를 마친 누에.
섶 짚이나 잎나무 따위로 만들어, 누에가 올라가 고치를 짓도록 마련한 물건.
욕지기 토할 듯 메스꺼운 느낌.
중의 적삼(中衣--) '고의 적삼'의 방언. 여름에 입는 홑바지와 저고리.

별명을 찾아서

정채봉

어린 시절 별명에 얽힌 일화를 통해, 그 시절에 대한 그리움을 이야기하고 있는 글입니다. 글쓴이는 어릴 적 등굣길 주변을 살피다 지각이 잦아 '지각 대장'이라는 별명을, 하필 장학사가 학교로 시찰하러 온 날 오줌을 싸서 '오줌싸개'라는 별명을, 종종 꿈을 현실처럼 이야기해 '꿈쟁이'라는 별명을 갖게 됩니다. 그렇게 과거를 회상하던 글쓴이는 그때의 수수함으로 돌아가고만 싶습니다.

누구한테나 별명 한두 개씩은 있을 것이다. 본인에게 기분 나쁜 것도 있을 테고 긍정되는 것도 있을 것이다. 개중에는 자신의 특성으로 얻어진 것도 있을 테지만, 한순간의 실수로 생겨난 것도 있을 것이다.

그런데 별명은 신기하게도 그 사람의 이미지와 너무도 잘 들어맞아 우리한테 웃음과 추억을 간직하게도 한다. 특히 어린 시절로 내려갈수록 별명에 얽힌 사연은 재미가 있다.

초등학교 시절에 심한 개구쟁이였던 나는 별명이 한두 개가 아니었다. 그중 하나가 '지각 대장'이다.

입학식 날부터 학교 다니게 되었다고 동네방네 알리고 다니느라 지각을 하였을 뿐 아니라, 툭하면 공부가 시작된 후에 교실 문을 열고 들어서기가 일쑤였다. 급기야는 뺨이 잘 익은 복숭아처럼 붉은 선생님이 쪼글쪼글한 주름살투성이의 우리 할아버지를 불렀다.

"혹시 댁에서 저 녀석의 아침밥을 늦게 먹여 보내는 것은 아닙니까?"

우리 할아버지는 천부당만부당하다는 듯이 손을 내저었다.

"아니지요. 저놈 때문에 오히려 아침 이르게 밥을 먹습니다."

"그런데 왜 이렇게 지각을 자주 할까요?"

그러자 할아버지는 언젠가 내 사촌을 시켜 내 뒤를 밟게 해서 들었던 것을 얘기했다.

"집을 나서서 곧장 학교로 오는 것이 아니라 산지사방을 돌아다니더라는 것입니다. 장다리꽃이 핀 남의 텃밭에 가서 쫑알거리고, 죽순이 올라오는 대밭에 가서 쫑알거리고, 심지어는 게 구멍 앞에서 민들레꽃을 들고 한나절을 있더랍니다."

나는 도저히 더 참고 있을 수가 없었다.

"게가 꽃을 쫓아 그만 달려 나올 것 같았거든요, 할아버지."

선생님이 파란 만년필 꽁무니로 책상을 똑똑똑 두드리면서 말했다.

"저 보십시오, 저렇게 엉뚱한 말을 해서 여간 골치 아픈 게 아닙니다. 오늘 자연 시간에는 느닷없이 올챙이는 어디로 오줌을 누느냐고 묻는 게 아니겠어요?"

"알겠습니다. 당분간 저 녀석을 제 삼촌 손에 맡겨서 보내겠습니다.”

“당분간이 아닙니다. 길이 들 때까지 누가 좀 보호해 줘야겠습니다.”

보호라, 나는 그 뜻을 몰라서 할아버지의 얼굴을 쳐다보았다.

“이 녀석아, 네가 하도 엉망이니 삼촌이 널 데리고 다녀야 한다는 말이여.”

“그렇다면 할아버지, 내가 삼촌을 보호해야 하는데요.”

“뭐라구?”

“삼촌이 밤마다 어디를 나다니는지 알아요? 방죽에서 현이네 고모를 만나서…….”

이때 할아버지는 큼큼큼 기침을 해서 내 말을 막았다. 그러고는 다음 날부터 할아버지가 직접 내가 꼼짝 못 하게 손목을 잡고 학교로 데리고 다녔다. 아아, 나는 그때부터 묶여 다닌다는 것이 얼마나 큰 고통인지를 알았다.

그 시절 나의 또 다른 별명은 ‘오줌싸개’이다. 그런데 이것이야말로 심히 억울한 별명이다.

그날 우리 학교에는 장학사가 시찰(視察)을 나온다고 했다. 진작부터 우리 선생님은 우리들에게 주의를 주고 있던 터였다.

청소도 구석구석 잘하라, 복도를 다닐 때도 발부리 걸음으로 사뿐사뿐 걸어야 한다, 공부 시간에는 ‘네, 네.’ 대답을 크게 하라 하고.

그래서 나는 그날 발소리가 나지 않게 그야말로 고양이 걸음으로 걸었다. 변소에 가서도 얌전히 줄을 섰는데, 내 차례가 오

집을 나서서 곧장 학교로 오는 것이 아니라
산지사방을 돌아다니더라는 것입니다.

기 전에 종이 울렸다. 할 수 없이 교실에 들어왔지만 그 시간 내내 오줌이 마려웠다. 나중에 선생님 말씀에 큰 소리로 대답을 하다 보니 질금질금 오줌이 새기까지 했다.

나는 바지 주머니 속으로 손을 넣어 오줌 자루 끝을 꼭 쥐고 있었다. 맙소사! 그런데 공부 시간이 끝나자 반장이 '차렷!'이라는 구령을 하지 않는가.

마침 손님이 있었기 때문에 나는 손을 바로 할 수밖에 없었다. 그러자 오줌이 톡 쏟아지고 만 것이다. 짝꿍 순애가 소리를 질렀다.

"선생님, 얘가 오줌 쌌어요."

이 오줌 사건으로 나는 완전히 선생님의 눈 밖으로 밀려나게 되었다. 손님들이 떠난 후 선생님은 울음을 터뜨릴 듯한 얼굴로 "누가 오줌을 누러 가지 말라 했느냐."라고 소리를 질렀다. 그리고 다음 날부터 친구들은 나를 부를 때 '오줌싸개'라고 했다.

어렸을 적 나의 별명 중에서 내가 지금까지 좋아하는 것은 '꿈쟁이'이다. 그만큼 나는 꿈을 많이 꾸었던 것 같고, 어떤 때는 꿈과 현실을 구별하지 못하고 떼를 쓰기도 했다. 그렇게 많이 꺾은 꽃이 없어졌다고 꿈을 깨고 나서 운 적도 있고, 꿈속에서는 엄청 넓은 콩밭을 만나서 꿈이 아니라고 우긴 적도 많았다.

어쩌다 어렸을 적 친구들을 지금 만나면 친구들은 나한테 말한다. "너한테 많이 속았노라."라고. 내가 그들을 속였다는 것은 꿈을 현실로 바꾸어서 이야기했다는 것이다. 그중 한 친구가 나는 이미 잊어버린 것을 기억해 새삼스럽게 나한테 들려주었다.

"수평선 너머를 가 보았다고 우기는 것이야. 거기에 갔더니 뭐, 흰 구름네 집이 있더라나. 할머니 버선본처럼 그곳에는 여러 가지 구름본이 있어서 구름을 지어 내는데, 산봉우리 구름본, 조개구름 구름본, 많고도 많더라고 했어. 뭐 또 한쪽에서는 하늘을 한 바퀴 돌고 온 구름을 빨래하고 있었는데, 구정물이 헹구어도 헹구어도 나오더라나."

그 친구는 내가 동화 써서 먹고 사는 것을 이제야 알 것 같다고 했는데, 나는 사실 부끄럽다. 그 어린 날의 별명보다도 내가 천진하지 못하니 말이다.

아아, 그날로 돌아가서 그 별명 속의 실제가 되고 싶다.

개중(個中) 여럿이 있는 그 가운데.
천부당만부당하다(千不當萬不當--) 사리에 맞지 아니하다.
산지사방(散之四方) 사방으로 흩어짐. 또는 흩어져 있는 각 방향.
방죽 물이 밀려들어 오는 것을 막기 위하여 쌓은 둑.
발부리 발끝의 뾰족한 부분.

막내의 야구 방망이

정진권

야구 연습을 하느라 매일 늦게 들어오는 막내의 속 깊은 사연을 듣고, 아이들의 맑고 순수한 마음을 깨닫는 글입니다. 담임 선생님의 병환으로 해체된 막내네 반 아이들이 야구 경기에서 우승하기 위해 단결합니다. 그 사연을 뒤늦게 알게 된 글쓴이는 처음의 오해를 풀고, 아이들의 동심을 대견하고 기특한 마음으로 바라보며 이들을 응원합니다.

어느 날 퇴근을 해 보니 막내의 친구 애들 7, 8명이 마루에 둘러앉아 있었다. 초등학교 5학년 개구쟁이들, 그러나 개구쟁이답지 않게 조용했다. 그중엔 처음 보는 아이도 있었다.

그날 저녁에 막내는 야구 방망이 하나만 사 달라고 졸랐다. 조르는 대로 다 사 줄 수는 없는 일이지만 너무도 간절히 원하기 때문에 나는 사 주마고 약속을 했다. 그리고 다음 날 퇴근을 할 때 방망이 하나를 사다 주었다.

그다음 날부터 막내는 집에 늦게 들어왔다. 어떤 때는 하늘에 별이 떠야 방망이에 장갑을 꿰어 메고 새카만 거지 아이가 되어 돌아오는 것이다. 그러고는 한 사흘을 굶은 놈처럼 밥을 퍼먹는다.

"왜 이렇게 늦었니?"

"야구 연습 좀 하느라고요."

"이 캄캄한 밤에 공이 보이니?"

막내는 말이 없었다.

"또 이렇게 늦으면 혼날 줄 알아."

그러나 그다음 날도 여전히 늦었다. 나는 적이 걱정스러웠다. 초등학교 5학년짜리들이 야구를 한다면 그건 취미 활동에 불과한 것이다. 그런데 무엇에 쏠려서 별이 떠야 돌아오는 것일까?

"왜 또 이렇게 늦었니?"

막내는 또 말이 없었다.

"말 못 하겠니?"

그러자 막내가 겨우 입을 열었다.

"내일모레가 시합이에요."

"무슨 시합?"

"5학년 각 반 대항 시합인데 우리가 꼭 이겨야 해요."

그때 막내의 얼굴에는 너무도 진지한 빛이 떠올랐기 때문에 더는 무어라고 야단을 칠 수가 없었다.

"그럼 시합 끝나면 일찍 오지?"

"예."

그런데 시합 날이라던 그날 막내네는 우승을 하지 못한 모양이었다. 밥도 먹는 둥 마는 둥 그냥 잠자리에 들어가 이불을 뒤집어쓰는 것이다.

나는 지나치게 승부에 민감한 것은 좋지 않을 듯해서,

"다음에 또 기회가 있지 않니? 갑자기 서두르면 못써."

하고는 이불을 벗겨 주었다.

그러나 막내는 무슨 대단한 한이라도 맺힌 듯 누운 채로 면벽을 하고 있었다.

그런데 막내는 이튿날도 또 늦었다. 나는 아무래도 이 아이가 자기 생활의 질서를 잃은 듯해서,

"왜 이렇게 늦었니? 시합 끝나면 일찍 오겠다고 하지 않았니? 어떻게 된 거야 이게?"

하고 좀 심하게 나무랐다.

그제야 막내는 자초지종을 털어놓았다. 다음에 적는 것은 그 이야기의 대강이다.

막내의 담임 선생님은 마흔 남짓한 남자분이신데, 무슨 깊은 병환으로 입원을 하셔서 한 두어 달 쉬시게 되었다. 그렇게 되자 학교에서는 막내의 반 아이들을 이 반 저 반으로 나누어 붙였다. 그러니까 막내의 반은 하루아침에 해체되고 아이들은 뿔뿔이 헤어지게 된 것이다.

그런데 배치해 주는 대로 가 보니 그 반 아이들의 괄시(恝視)가 말이 아니었다. 그런 괄시를 받을 때마다 옛날의 자기 반이 그리웠다. 선생님을 졸졸 따라 소풍 가던 일, 운동회에서 다른 반 아이들과 당당하게 겨루던 일, 이런저런 자기 반의 아름다운 역사가 안타깝게 명멸하는 것이다. 때로는 편찮으신 선생님이 무척 보고 싶어서 길도 잘 모르는 병원에도 찾아갔다.

학교라는 데는 단순히

국어, 수학이나 가르치는 데가 아니구나 하는 생각도 들었다.

그러는 동안에 아이들은 선생님이 다 나으셔서 오실 때까지 우리 기죽지 말자 하며 서로서로 격려하게 되었고, 이러한 기운이 팽배해지자 이른바 간부였던 아이들은 자기네의 사명을 깨닫게 되었다. 그래서 몇 아이들이 우리 집에 모였던 것이고, 그 기죽지 않을 방법으로 채택된 것이 야구 대회를 주최하여 우승을 차지하는 것이었다.

연습은 참으로 피나는 것이었다. 배속에서 꼬르륵거리는 소리가 나도 누구 하나 배고프다는 말을 하지 않았다. 연습이 끝나면 또 작전 계획을 세우고 검토했다. 그러노라면 어느새 하늘에 푸른 별이 떴다.

그리하여 마침내 결승전에 진출했다. 이 반 저 반으로 헤어진 반 아이들은 예선부터 한 사람 빠짐없이 응원에 나섰다. 그 응원의 외침은 차라리 처절한 것이었다. 그러나 열광의 도가니처럼 들끓던 결승에서 그만 패하고 만 것이다.

"아빠, 우린 해야 돼. 다음번엔 우승해야 돼. 선생님이 다 나으실 때까지 우린 누구 하나도 기죽을 수 없어."

막내는 이야기를 마치면서 이렇게 말했다.

나는 아무 말도 하지 못했다. 무슨 망국민(亡國民)의 독립 운동사라도 읽은 것처럼 감동 비슷한 것이 가슴에 꽉 차 오는 것 같았다. 학교라는 데는 단순히 국어, 수학이나 가르치는 데가 아니구나 하는 생각도 들었다.

이튿날 밤 나는 늦게 돌아오는 막내의 방망이를 미더운 마음으로 소중하게 받아 주었다. 그때도 막내와 그 애의 친구 애들의 초롱초롱한 눈 같은 맑고 푸른 별이 두어 개 하늘에 떠 있었다. 나는 그때처럼 맑고 푸른 별을 일찍이 본 적이 없다.

적이 꽤 어지간한 정도로.
면벽(面壁) 벽을 마주 대하고 고요히 앉아 참선함. 또는 그런 일.
명멸하다(明滅--) 불이 켜졌다 꺼졌다 하다.
도가니 흥분이나 감격 따위로 들끓는 상태를 비유적으로 이르는 말.
미덥다 믿음성이 있다.

웃기는 짬뽕,
웃기는 짜장면

이상국

일상에서 흔히 겪는 선택의 어려움과 결정의 아쉬움에 대한 깨달음을 담은 글
입니다. 글쓴이는 중국 음식점에서의 경험을 삶에 비추어, 자기 그릇에 담긴 음
식을 맛있게 먹을 줄 아는 마음이야말로 중요한 지혜라고 말합니다.

중국 음식점에 가면 나는 영원한 딜레마 하나에 여지없이 빠
지고 만다. 앞에 앉은 친구는 짬뽕을 시키고 나는 짜장면을 시
켰는데 음식이 나오는 것을 보니 짬뽕이 더 맛있어 보이는 것이
다. 이상한 것이 내가 짬뽕이고 녀석이 짜장면일 때는 짜장면이
더 맛있어 보인다.

앞자리 친구가 짬뽕을 맛있게 먹고 있는 풍경을 보노라면 참
으로 군침이 돈다. 불그스름한 국물은 얼큰해서 목구멍이 시원
할 것 같고 그 국물 속에 쫄깃쫄깃한 자태로 다소곳이 내려앉은
면발과 갖은 채소의 어우러짐, 송송 썰어져 국물 속에서 헤엄치

고 있는 오징어나 문어 다리 따위의 해물들은 왜 그리도 맛있어 보이는가. 녀석, 저런 짬뽕을 선택하다니 복도 많군. 질투의 눈으로 후루룩 쩝쩝대는 입을 본다. 정말 웃기는 짬뽕 같은 마음이다.

그런데 녀석이 짜장면을 시켰을 때는 전혀 다른 마음이다. 우선 흑갈색의 신비한 양념에서 풍겨 나오는 말할 수 없이 강렬한 유혹이 사람을 기죽인다. 젓가락이 버무려 주기를 기다리는 면발들이 똬리 튼 모양새는 또 얼마나 아름다운가. 윤기가 자르르 흐르는 걸쭉한 양념이 면발과 섞이는 동안 둥둥 떠다니는 오징어 다리를 건지고 있는 나는 왜 이리 초라한가. 정말 웃기는 짜장면이다.

이런 부러움과 뉘우침을 좀 줄이는 방법은 없을까. 애초에 잘 선택하면 되지 않는가. 그러나 고민 끝에 어렵사리 내린 결정의 결과도 여전히 후회스럽긴 마찬가지이다. 짜장면, 하고 보면 맛있는 것은 짬뽕이고, 짬뽕을 고르고 보면 그 반대이다.

이런 딜레마는 어찌 보면 우리 삶의 모양새와 닮아 있다. 스스로가 선택한 것에 대한 불만과 선택하지 않았던 다른 것에 대한 아쉬움이 이 딜레마 속에 숨어 있다. 사실은 이미 선택한 것이 최상이었고 다시 살아도 그런 선택 이상이 없을지 모르는데도, 이 길이 아니었으면 뭔가 나았을 것이라는 엉터리 확신으로 늘 뒤돌아보게 하는 마음을 이 중국집 풍경은 생생하게 보여 준다.

이런 딜레마를 파악한 어떤 중국집은 아예 '짬짜면'이라는 것을 메뉴로 개발해 놓았다. 욕망과 후회를 모두 줄여 반반씩 담

스스로가 선택한 것에 대한 불만과 선택하지 않았던
다른 것에 대한 아쉬움이 이 딜레마 속에 숨어 있다.

아 놓은 것이다. 그런데 이걸 먹어 보니 희한하게 짜장면도 짬뽕도 모두 어정쩡해져서 생기를 잃어버린 느낌이다. 가지 않은 길에 대해 억울해하면서 먹어야만 탱탱하게 살아나는 맛이 있나 보다.

내 그릇에 담긴 것을 맛있게 먹을 수 있는 마음이야말로 중요한 지혜가 아닐까. 내 그릇의 것이 잠깐 못나 보인다고 휘휘 못된 마음의 젓가락질을 하기 시작하면 내 점심 식사만 망칠 뿐이다. 단무지 하나를 천천히 베어 물면서, 아니 양파 껍질 위에 식초를 휘휘 뿌리면서 한번 생각을 해 보자.

내 접시에 든 것이 진짜 맛있는 것이다.

딜레마(dilemma) 선택해야 할 길은 두 가지 중 하나로 정해져 있는데, 그 어느 쪽을 선택해도 바람직하지 못한 결과가 나오게 되는 곤란한 상황.
똬리 둥글게 빙빙 틀어 놓은 것. 또는 그런 모양.
어정쩡하다 분명하지 아니하고 모호하거나 어중간하다.

아끼다가 똥 될지라도

최은숙

아끼며 사는 태도의 중요함을 일깨우는 글입니다. 글쓴이는 "아끼다 똥 된다."
라는 친숙한 속담을 조금은 부족하더라도 무언가 귀하게 여겼던 어린 날의 경
험들과 연결 짓고 있습니다. 이 글에 쓰인 수사법이나 관용적 표현은 읽는 재미
를 더할 뿐 아니라, 글쓴이의 생각을 효과적으로 강조하고 있습니다.

"아끼다 똥 된다."

이건 우리 아이가 유치원 다닐 때 처음으로 배워 온 속담이다.

"왜 똥이 돼?"

"우리 선생님이 알려 주셨어. 옛날 옛적에 욕심 많은 여우가
있었는데 어느 날 산길을 가다가 금방 죽은 토끼 한 마리를
발견했어. 근데 지금 먹기엔 좀 아까운 거야. '다음 날 먹어야
지.' 하고 아무도 없는 깊은 산골짜기로 들고 가서 어떤 나무
밑에 토끼를 묻었어. 아무도 못 찾아내게 깊이 묻고 돌멩이로
살짝 표시를 해 놨어. 다음 날 저녁 식사로 토끼를 찾으러 가

려다가 생각하니까 지금 먹기가 또 아까운 거야. 그래서 '내일 먹어야지.' 하고 다른 걸 먹고 그냥 잤어. 그다음 날도 그다음 날도 그랬어. 그러다 한참이 지난 뒤 토끼가 먹고 싶어서 견딜 수가 없어진 여우가 산속으로 갔어. '이젠 먹어야지.' 하고. 근데 도저히 거기서 찾을 수가 없는 거야. 할 수 없이 집으로 돌아와 다른 걸 먹고 잤어. 다음 날 '꼭 오늘은 찾아야지.' 하고 가서 간신히 찾았는데 토끼가 없네! 썩어서 흙이 된 거야. 그래서 못 먹고 그냥 돌아와서 굶고 잤어. 그게 '아끼다 똥 된다.'야."

우린 배꼽을 쥐고 웃었다. 무엇인가를 너무 아끼거나, 남과 나누기를 싫어하고 혼자 욕심껏 그러잡거나, 쓰기를 미룬 나머지 쓸모가 없어지는 경우에 해당하는 속담일 텐데. 그러고 보니 옛날이야기 속에는 자반을 걸어 두고 냄새만으로 찬을 삼는 자린고비도 있고, 된장 독에 앉았다 날아간 파리를 잡아 쪽쪽 빨아 먹는 구두쇠 이야기도 있었다.

그날 우리 식구들은 자기가 알고 있는 '아끼다 똥 된 이야기'를 하나씩 하느라고 시간 가는 줄 몰랐다.

중학교 때 내 친구 혜숙이 아버지는 쥐포를 한 봉지 사다가 텔레비전 상자(예전에는 텔레비전이 다리 달린 상자 속에 들어 있었다.)와 벽 틈에 감추어 두고 잊어버리셨다. 어느 날 혜숙이 아버지께서 쥐포를 그 틈에서 꺼냈는데 쥐포에 곰팡이가 파랗게 피어 있었다. 혜숙이와 나는 우물에 앉아서 소금을 뿌리며 쥐포를 박박 씻었다. 그리고 아저씨는 물에 씻은 쥐포를 기름에 튀겼

무엇이든지

조금은 부족해야 귀하다.

다. 그 쥐포가 얼마나 맛있었는지 모른다.

중학교에 가려면 자전거를 배워야 했다. 6학년 때 자전거를 처음 샀는데 혜숙이와 나는 자전거에 중독되어 버렸다. 요즘 아이들이 게임에 빠지듯 우리는 자전거에 빠졌다. 아무리 타도 싫증이 나지 않았다. 담임 선생님께서 퇴근하시다 보면 우리가 자전거를 끌고 개울둑으로, 논두렁 사잇길로 휘달리는 모습을 날마다 보실 정도였다. 자전거 타는 법을 선생님이 가르쳐 주셨지만 걱정이 되셨나 보다. 자전거 그만 타고 공부하라고 나무라셨다. 그래도 우리는 줄기차게 탔다.

어느 일요일엔 필통과 공책을 산다는 핑계로 고개 너머 직행버스가 서는 대평리까지 자전거를 타고 가는데 고개에서 당직하러 오시는 선생님을 만났다. 선생님도 자전거를 타고 출퇴근하셨는데 우리를 보고 놀라서 그걸 사러 그 먼 데까지 가느냐며 선생님이 내일 사다 줄 테니 같이 돌아가자고 하셨다. 하지만 우린 기어이 대평리엘 갔다. 빨간색 필통, 공책 한 권 그리고 껌 한 통과 환타 한 병이 우리가 산 물품이다. 껌 다섯 개를 다 빼고 빈 껌통에 환타를 따라 나눠 마시면서 한나절 내내 뙤약볕 뜨거운 줄도 모르고 자전거를 탔다.

자전거는 보물이었다. 밤새 비가 내려 다음 날 아침 비를 쫄딱 맞은 자전거를 보면 가슴이 철렁하고 괴로웠다. 자전거를 녹슬게 한다는 건 있을 수 없었다.

주황색, 연두색, 보라색, 세 가지의 색 볼펜을 처음 써 본 날도 잊을 수 없다. ○○ 회사에서 홍보용으로 색 볼펜 세 개를 한 세트로 묶어 증정(贈呈)했는데 우리 반에서 그걸 가장 먼저 가진 사람이 혜숙이와 나다. 나는 그 색 볼펜이 엄청 신기하고 아까워서 그걸로는 글씨를 못 쓰고 중요한 부분을 표시할 때만, 그것도 밑줄 긋는 게 아니라 별만 조그맣게 그렸다. 친구들이 빌려 달라고 할 때도 별표에 한해서만 빌려줬다. 내가 도끼눈을 뜨고 감시했기 때문에 아무도 감히 밑줄을 못 쳤다. 그날들의 느낌과 색채가 아직 내 마음속에 있다. 어느 것도 풍족하게 가져 본 일이 없고 아낌없이 써 본 일이 없다. 그래서 조금씩 아껴 맛보았던 세상이 이렇게 오래 남는 선물이 되었다.

무엇이든지 조금은 부족해야 귀하다. 아침에 고구마를 스무 개쯤 쪄서 출근할 때 가져가면 우리 반 아이들은 사흘은 굶은 녀석들처럼 침을 삼킨다. 반씩 잘라서 나눠 줄 때에는 조금이라도 더 큰 걸 고르려고 난리를 피운다. 만약 한 바구니 넘치게 고구마를 가져간다면 그러지 않을 것이다. 예쁜 엽서가 많이 생겨서 반 아이들에게 선물하고 싶을 때도 일부러 다섯 장만 들고 간다.

"딱 다섯 장밖에 없는데, 필요한 사람?"

지금까지 그 엽서가 없어도 아무렇지도 않았는데 녀석들은 엽서 한 장 가지려고 가위바위보까지 한다. 우리 아이들이 가진 게 좀 더 부족했으면 좋겠다. 가진 게 너무 많아서, 똥이 될 만큼 아끼는 대상이 없다.

국어 책 학습 활동에 '자기네 가족이 가장 아끼는 물건 세 가지 써 보기' 과제가 있었다. 식구들과 이야기해 보고 써 오라고

사소하지만 나만의 사랑,

나만의 이야기가 담긴 물건이 없었다.

숙제로 냈다. 나도 내가 아끼는 것들을 적어 보았다. 할머니가 쓰시던 칠보 비녀, 단하가 그려 준 내 초상화, 장 선생님이 구워 주신 도자기 연필꽂이, 지은 씨가 선물해 준 꽹과리 채······. 우리 반 아이들이 적어 온 사연은 뭘까. 무척 궁금했다. 기대와는 달리 아이들은 대부분 빈칸을 채워 오지 못했다. 써 온 아이들도 간혹 있었지만 소파, 냉장고, 자동차 같은 것들이었다. 사소하지만 나만의 사랑, 나만의 이야기가 담긴 물건이 없었다. 결핍이 없는 곳에는 풍요함도 자리할 수 없는가 보다.

교실을 청결하게 정돈할 때 기분이 참 좋다. 숭식이가 신문지에 물을 묻혀 거울을 깨끗이 닦아 줄 때, 법성이가 칠판을 파랗게 닦아 놓을 때 기쁘다. 나는 게시판에 예쁜 그림을 걸기도 하고 창가의 화분을 바꿔 놓기도 한다. 아이들은 책상 서랍과 가방 속, 필통을 정돈하고 체육복을 차곡차곡 개어 놓고, 청소 용구함에 빗자루를 단정하게 포개어 놓는다. 비 오는 날에는 교실 뒤에 우산을 영화처럼 펼쳐 놓는다. 그러면 선생님이 좋아하면서 자신들을 칭찬해 주니까 그렇게 해 주는 것 같다. 하지만 자주 하면 습관이 될 것이다. 함부로 구기지 말고 함부로 버리지 말고 함부로 쓰지 않고 모든 걸 아끼면서, 귀하게 다독이면서 살자. 아끼다 똥 될지라도.

자반 생선을 소금에 절여서 만든 반찬감. 또는 그것을 굽거나 쪄서 만든 반찬.
자린고비 지나치게 인색한 사람을 낮잡아 이르는 말.

아름다운 흉터

이청준

어린 시절 집안일을 돕다 생긴 흉터에 대한 인식 변화를 통해 인생의 참된 가치
와 올바른 삶의 태도를 일깨우는 작품입니다. 흉터에 대한 부정적 시각을 버리
고, 고난과 역경 속에서도 서로를 위로하며 살아가자고 당부하는 글쓴이의 긍
정적인 태도를 느낄 수 있습니다.

나의 두 손등과 손가락들에는 세 종류의 흉터가 선명하게 남
아 있다.

초등학교 1학년 때 첫 소풍을 가기 전날 오후 마음이 들뜨다
못해 토방 아래에 엎드려 있는 누렁이의 목을 세게 안아 졸지에
숨이 막힌 녀석이 내 왼손을 덥석 물어 생긴 세 개의 개 이빨 자
국 세트가 하나. 역시 초등학교 5학년 때쯤 산으로 나무를 하러
갔다가 서툰 톱질 끝에 내 쪽으로 쓰러져 오는 나무둥치를 피하
려다 마른 가지 끝에 손등을 찍혀 생긴 기다란 상처 자국이 그
둘. 고등학교엘 다닐 때까지 방학이 되면 고향 집으로 내려가

논밭걷이와 푸나무를 하러 다니며 낫질을 실수할 때마다 왼손 검지와 장지 손가락 겉쪽에 하나씩 더해진 낫 상처 자국이 나중 엔 이리저리 이어지고 뒤얽히며 풀려 흐트러진 실타래의 형국 을 이루고 있는 것이 그 세 번째 흉터의 꼴이다.

그런데 나는 시골에서 광주로 중학교 진학을 나오면서부터 한동안 그 흉터들이 큰 부끄러움거리가 되고 있었다. 도회지 아 이들의 희고 깨끗하고 부드러운 손에 비해 일로 거칠어지고 흉 터까지 낭자한 그 남루하고 못생긴 내 손꼴새라니.

그러나 그 후 세월이 흘러 직장 일을 다니는 청년기가 되었을 때 그 흉터들과 볼품없는 손꼴이 거꾸로 아름답고 떳떳한 사랑 과 은근한 자랑거리로 변해 갔다.

"아무개 씨도 무척 어려운 시절을 힘차게 살아 냈구만. 나는 그 흉터들이 어떻게 생긴 것인 줄을 알지."

직장의 한 나이 든 선배님이 어떤 자리에서 내 손등의 흉터를 보고 그의 소중스런 마음속 비밀을 건네주듯 자신의 손을 내게 가만히 내밀어 보였을 때, 그리고 그 손등에 나보다도 더 많은 상처 자국들이 수놓여 있는 것을 보았을 때부터였다.

그렇다. 그 흉터와, 흉터 많은 손꼴은 내 어려웠던 어린 시절 의 모습이요, 그것을 힘들게 참고 이겨 낸 떳떳하고 자랑스런 내 삶의 한 기록일 수 있었다. 그 나이 든 선배님의 경우처럼, 우리 누구나가 눈에 보이게든 안 보이게든 삶의 쓰라린 상처들 을 겪어 가며 그 흉터를 지니고 살아가게 마련이요, 어떤 뜻에 선 그 상처의 흔적이야말로 우리 삶의 매우 단단한 마디요 숨은

자기 흉터엔 겸손한 긍지를, 남의 흉터엔 위로와 경의를,

그리고 흉터 많은 우리 삶엔 사랑의 찬가를 함께할 수 있기를!

값이라 할 수도 있을 것이기 때문이다.

그렇다면, 흉터는 오직 나만의 자랑이나 내세움거리로 삼을 수는 없으리라. 그것은 오히려 우리 누구나가 자신의 삶을 늘 겸손하게 되돌아보고, 참삶의 뜻과 값이 무엇인가를 새롭게 비춰 보는 거울로 삼음이 더 뜻있는 일일 것이다.

이런 생각 속에서도 때로 아쉽게 여겨지는 일은 요즘 사람들 가운데엔 작은 상처나 흉터 하나 지니지 않으려 함은 물론, 남의 아픈 상처 또한 거기 숨은 뜻이나 값을 한 대목도 읽어 주지 못하는 이들이 흔해 빠진 현상이다.

아무쪼록 자기 흉터엔 겸손한 긍지를, 남의 흉터엔 위로와 경의를, 그리고 흉터 많은 우리 삶엔 사랑의 찬가를 함께할 수 있기를!

토방(土房) 방에 들어가는 문 앞에 좀 높이 평평하게 다진 흙바닥.
푸나무 풀과 나무를 아울러 이르는 말.
도회지(都會地) 사람이 많이 살고 상공업이 발달한 번잡한 지역.
낭자하다(狼藉--) 여기저기 흩어져 어지럽다.
긍지(矜持) 자신의 능력을 믿음으로써 가지는 당당함.

2부

깊은 생각,
다른 시선

네모난 수박

정호승

일상적인 소재를 통해 인간의 올바른 삶을 성찰하는 자세가 돋보이는 글입니다. 인위적으로 만들어진 네모난 수박을 보고 충격을 받은 글쓴이가 그 수박과 현대 인간의 삶 사이 공통점을 이야기하고 있습니다. 그리고 자연적인 본성을 억압하려 드는 인간의 태도를 비판하고 있습니다.

네모난 수박을 보고 충격을 받았다. 어릴 때 동화적 상상의 세계에서나 존재했던 네모난 수박이 물리적 현실의 세계에 존재하게 된 것은 정말 놀라운 일이 아닐 수 없다. 이는 '수박은 둥글다.'는 기본 개념을 파괴해 버린 일이다. 이제 우리는 식탁에 올려진 네모난 수박을 늘 먹으면서 무슨 생각을 하게 될까. 별로 대수롭지 않게 그저 먹기에 편하고 맛있으면 그만이라고 생각하게 되지는 않을까.

정작 수박이 네모지면 운반하기에 편할 뿐만 아니라 보관하기에도 좋고 썰어 먹기에도 좋다고 한다. 그러나 수박의 입장에

수박은 기형화된 자신의 몸을 이해하고
받아들이기가 여간 힘들지 않을 것이다.

서는 여간 화가 나는 일이 아닐 것이다. 네모난 수박은 유전 공학자들에 의해 유전 인자가 변형되어 만들어진 것이 아니라 네모난 인공의 틀 속에서 자라게 함으로써 단순히 외형만 바뀌도록 만들어진 것이다. 그러니까 둥글다는 내면의 본질은 그대로 둔 채 인위적(人爲的)으로 외형만 바꾼 것이다. 따라서 수박은 기형화(畸形化)된 자신의 몸을 이해하고 받아들이기가 여간 힘들지 않을 것이다. 어쩌면 "둥글지 않으면 수박이 아니다. 둥글어야만 수박이다."라고 말하며 분노의 눈물을 흘릴지도 모른다.

네모난 수박을 만든 이들의 말에 의하면, 철제와 아크릴로 네모난 수박의 외형 틀을 만드는 데 무려 5년이라는 시간이 걸렸다고 한다. 수박꽃이 지고 계란 크기만 한 수박이 맺히기 시작하면 특수 아크릴로 만든 네모난 상자를 그 위에 씌우는데, 놀랍게도 수박이 자라면서 네모난 상자를 밀어내는 힘이 자그마치 1톤이나 되었다고 한다. 이렇게 수박의 생장력이 너무나 강해 만드는 족족 외형 틀이 부서져 그 힘을 견딜 수 있도록 만들기가 여간 어렵지 않았다는 것이다. 결국 네모난 수박 재배의 성공 여부가 전적으로 수박의 생장력을 견뎌 낼 만큼 튼튼한 아크릴 상자를 만들 수 있느냐에 달려 있었다는 것이다.

나는 그 말을 들으면서 네모난 틀 속에서 자라게 되는 한 알의 수박씨가 겪게 되는 고통에 대해 생각해 보았다. 비록 햇볕과 공기와 수분을 예전과 똑같이 공급받을 수 있는 상태라 하더라도 어느 순간부터는 그만 네모난 틀의 형태에다 자신의 몸을 맞추어야만 하니 그 고통을 어떻게 견딜 수 있었을까.

처음 몸피가 작을 때에는 아무런 고통 없이 원래의 본질대로 둥글게 자랄 것이다. 그러다가 차차 몸피가 커지고 일정 크기가 지나면서부터는 그만 네모난 틀의 형태와 똑같이 네모나지는 자신을 발견하고 참으로 참담했을 것이다. 어쩌면 그대로 죽고 싶은 심정이었을지도 모른다.

나는 네모난 수박을 한참 들여다보다가 비록 겉모양은 네모졌으나 수박으로서의 본질적인 맛과 향은 그대로일 것이라고 생각하면서 오늘을 사는 우리들이야말로 바로 이 네모난 수박과 같은 존재가 아닌가 하는 생각이 들었다. 예전의 우리 삶이 둥근 수박과 같은 자연적 형태의 삶이었다면, 지금은 외형을 중시하는 네모난 수박과 같은 인위적 형태의 삶을 살고 있다고 할 수 있다.

오늘 우리의 삶의 속도는 무척 빠르다. 변화의 속도가 너무 빨라 도무지 정신을 차릴 수 없다. 오늘의 속도를 미처 느끼기도 전에 내일의 속도에 몸을 실어야 한다. 그렇지만 네모난 수박이 수박으로서의 맛과 향기만은 잃지 않았듯이 우리도 인간으로서의 맛과 향기만은 결코 잃어서는 안 된다.

나는 아직도 냉장고에서 꺼내 먹는 수박보다 어릴 때 어머니가 차가운 우물 속에 담가 두었다가 두레박으로 건져 주셨던 수박이 더 맛있게 느껴진다. 이제 그런 목가적인 시대는 지나고 말았지만, 모깃불을 피우고 평상에 앉아 밤하늘의 총총한 별들을 바라보면서 쟁반 가득 어머니가 썰어 온 둥근 수박을 먹고 싶다. 까맣게 잘 익은 수박씨를 별똥인 양 마당가에 힘껏 뱉으면서, 칼을 갖다 대기만 해도 쩍 갈라지는 둥근 수박의 그 경쾌한 목소리를 들으면서.

유전 인자(遺傳因子) 유전자. 생식 세포를 통하여 어버이로부터 자손에게 유전 정보를 전달하는 것.
생장력(生長力) 나서 자라는 능력.
목가적(牧歌的) 농촌처럼 소박하고 평화로우며 서정적인. 또는 그런 것.

붉은 꽃잎이 아름다운 동백

유기억

> 식물분류학자가 들려주는 우리 주변 식물 이야기입니다. 글쓴이는 동백꽃에 얽힌 전설, 그 쓰임새와 색깔, 동백꽃이 피는 계절, 관련한 꽃말 등을 소개하면서 우리 주변 식물에 대한 깊은 관심과 애정을 드러내고 있습니다.

겨울이 끝나갈 무렵 피는 동백꽃은 꽃보다 기름으로 더 유명하다. 동백씨를 짜서 만든 동백기름이 오래전부터 우리나라 전통의 머릿기름으로 사용되어 왔기 때문이다. 한방에서는 동백꽃을 산다화라 하여 출혈을 멈추는 약으로 사용해 왔다. 제주도에서는 동백꽃이 꽃줄기에서 떨어지는 모습이 갑작스러운 죽음을 떠올리게 한다고 하여 집 안에 심지 않는 풍습이 있었다. 일본어에도 갑자기 당하는 불행한 일을 일컫는 표현이 있는데, 바로 동백꽃이 떨어지는 모습에서 생긴 단어라고 한다.

동백꽃에 얽힌 전설이 하나 전해진다. 옛날 어느 나라에 욕심

붉은 정열의 아름다움이

영원히 기억되는 나무였으면 좋겠다.

많고 성격이 괴팍한 왕이 살았다. 그런데 불행하게도 자식이 없어서 그가 죽고 나면 동생의 두 아들 가운데 한 명에게 왕위를 물려줄 수밖에 없었다. 욕심 많은 왕은 그것이 싫어서 동생의 아들들을 죽일 계략을 세웠다. 이를 눈치챈 동생은 아들들을 황급히 피신시키고 대신 두 아들을 닮은 소년들을 데려다 놓았다. 하지만 이 사실을 안 왕이 동생의 친아들들을 잡아 와서 "네 아들들이 아니니 직접 죽여라." 하고 동생에게 명령했다. 차마 자신의 아들들을 죽일 수 없었던 동생은 그 자리에서 자결하여 붉은 피를 흘리며 죽고 말았다. 이 광경을 지켜본 동생의 두 아들도 새가 되어 날아가 버렸다. 그 후 동생이 죽은 자리에 동백나무가 자랐고, 세월이 흘러 꽃을 피우기 시작했다. 새로 변한 두 아들도 돌아와 동백나무에 둥지를 틀고 함께 살았다. 이 새가 동박새인 것은 두말할 것도 없다.

동백나무는 한자 '冬柏(동백)'이 의미하는 것처럼 추운 겨울을 이겨 낸 꿋꿋함이 있다. 두껍고 진한 녹색 잎이 그렇고 이른 봄에 피는 붉은색의 꽃잎이 더욱 그렇다. 그래서인지 동백나무 숲 속에 있으면 어렸을 때 엄마 품에 안겨 있는 것처럼 몸과 마음이 편안해지는 느낌이 든다. 동백꽃의 꽃말은 꽃의 이름이나 특징, 전설에 따라 "진실한 사랑", "그 누구보다 당신을 사랑합니다.", "겸손한 마음", "아련한 그리움" 등 다양하다. 동백이 진정한 봄꽃의 대명사로, 붉은 정열의 아름다움이 영원히 기억되는 나무였으면 좋겠다.

보잘것없는 나무들이
아름다운 이유

소중하지 않은 삶은 없다는 깨달음을 전하는 글입니다. 글쓴이는 야생 나무 시로미와 키 작은 관목, 개척 식물, 싸리나무 등 보잘것없는 나무들이 각각의 역할을 다함으로써 나름의 가치를 지닌다고 말합니다. 이를 통해 자신의 삶 또한 스스로 가치 있게 여기며 살아가야겠다고 다짐합니다.

가끔씩 까닭 없이 우울해질 때가 있다. 내가 하는 일이 아무 의미가 없는 것처럼 느껴지고 결국에는 만사가 귀찮아진다. 그렇게 무기력한 기분이 들 때마다 나는 남대문 야시장에 간다.

좌판을 벌여 놓고 구성진 목소리로 손님을 부르는 사람, 보따리를 등에 지고 구경꾼들 사이를 요리조리 피해 지나가는 사람, 나물 천 원어치 사면서 십 분 넘게 입씨름하는 사람……. 아무리 잡아당겨도 찢어지지 않는 질긴 고무장갑 같은 그들의 모습을 보고 있노라면 나도 모르게 막 신이 난다. 그리고 물고기처럼 파닥파닥 살아 숨 쉬는 그들에게서 살아갈 힘을 얻는다. 마

2부 깊은 생각, 다른 시선 93

치 갈증 나는 한여름에 시원한 음료를 들이켠 기분이라고 할까.

삶의 갈증을 풀고 시장을 나서는 순간, 문득 내 머릿속을 스치는 나무 하나가 있다. 제주도 한라산에서 주로 자라는 '시로미'라는 작은 야생 나무이다.

얼마 전 한라산에 오른 적이 있다. 훼손되지 않은 자연 상태의 나무들을 보고 싶어 일부러 사람들이 잘 다니지 않는 길을 택했다. 거기서 발견한 것이 시로미이다. 해발 천오백 미터 이상의 고지대에서만 자라는 시로미는 주로 제주도 고산 지역에서 발견되는 희귀한 나무이다. 한 뼘 정도밖에 안 되는 키에 열매마저 작아 여간해선 눈에 띄지 않는다. 하지만 그 작고 보잘것없는 나무의 위력은 대단하다.

시로미를 처음 발견했을 때, 마침 무척 목이 말랐다. 물통의 물도 다 떨어지고 입안이 바짝 마르던 차에 나는 시로미의 검붉은 열매를 한 움큼 따서 입안에 털어 넣었다. 시큼털털한 첫맛에 얼굴이 찡그려졌지만 이내 단 기운이 가득히 퍼지면서 입안 구석구석을 적셨다. 콩알보다 작은 열매에 어떻게 그런 물기가 담겨 있는지, 그 작은 열매 한 줌 먹은 것이 꼭 약수 몇 사발을 들이켠 기분이었다. 그러고 나서 백록담에 오르는데 거짓말처럼 전혀 목이 마르지 않았다. 건조하고 메마른 한라산 고지대에서 시로미는 어떻게 그런 실한 열매를 맺을 수 있었을까.

시로미처럼 보잘것없어 보이지만 제 존재 가치를 분명히 지니는 나무는 생각 외로 우리 주변에 많다. 공원이나 건물 가에서 흔히 볼 수 있는 키 작은 관목들만 봐도 그렇다. 숲이 생길 때 가장 중심부에서 그 틀을 잡아 주는 관목들은 어느 정도 숲이 완성되면 키 큰 나무들에게 자리를 내주고 언저리, 즉 숲의 주변부로 밀려난다. 키가 큰 교목들 틈에선 살아날 수가 없기 때문이다.

그러나 언저리에 자리 잡은 관목들은 숲 주변부로 자기들을 밀어낸 교목들을 보호해 준다. 이 볼품없는 관목들이 자연재해에 맞서며 숲 전체를 지켜 나가는 것이다. 이 덕분에 숲은 보다 다양한 종이 어우러져 건강한 모습을 이뤄 간다.

어디 그뿐인가. 불모지(不毛地)가 된 땅을 다시 푸르게 만드는 것 역시 보잘것없는 작은 나무와 풀들이다. 아무런 생명도 없던 메마른 땅에 평상시에 외면만 당하던 풀들이 들어와 개척자 역할을 한다. 이들은 불모지에 가장 먼저 들어와 지반을 안정시키고 다른 나무들이 살아갈 윤택한 토양을 만들어 낸다. 흔히 잡풀 취급을 하는 쑥이나 억새, 고사리가 바로 이런 '개척 식물'들이다.

산불로 폐허가 된 땅의 첫 방문자 역시 마찬가지이다. 길이도 짧고 몸통도 얇아 기껏해야 울타리나 빗자루 정도로밖에 사용되지 못하는 싸리나무는 불난 자리를 녹화하는 주역이다. 사람들에게 많이 알려져 있지만 그렇다고 결코 대접받는 축에 끼지 못하는 고사리 역시 싸리나무와 비슷하다. 거친 들에서 흔히 볼 수 있는 고사리는 타고난 그 씩씩함으로 잿더미 속에 가장 먼저 자리를 잡고 싹을 틔운다.

초석(礎石)을 다진 후 다른 나무들이 하나둘 자리 잡으면, 관

불모지가 된 땅을 다시 푸르게 만드는 것 역시

보잘것없는 작은 나무와 풀들이다.

목들이 그랬듯 이들도 조용히 자기 자리를 내준다. 이 덕분에 예전의 그 불모지는 언제 그랬냐는 듯 짙은 녹색 숲으로 복구된다.

그러나 안타깝게도 숲의 사회에서 그들에게 돌아오는 것은 많지 않다. 누군가 그 역할을 알아주는 것도 아니다. 그럼에도 그들은 나무 세계에서 맡은 바 임무를 다 해낸다. 그저 묵묵하게.

하지만 그들은 알고 있다. 자신들이 비록 보잘것없지만, 나무 세계에서 없어서는 안 될 중요한 존재라는 사실을. 그런 그들을 통해 나는 이 세상에 소중하지 않은 삶은 없다는 진리를 새삼 깨닫곤 한다.

그래서일까. 나는 하늘 높이 위로만 자라면서 어떻게든 햇볕을 많이 받으려고 혈안이 된 거대한 교목들보다 보잘것없는 나무들이 훨씬 더 값지고 아름답게 느껴진다.

"못생긴 나무가 산을 지킨다."라는 말은 비단 나무 사회에만 통용(通用)되는 말은 아닐 것이다. 세상 모든 것은 저마다 가치를 지니고 있다. 하루살이 같은 삶, 내일이 보이지 않는 삶이라 하더라도 분명 살아가는 이유가 있고, 가치가 있는 것이다. 그러므로 그 가치를 알고 묵묵히 제 역할을 해낼 때, 결국 그것이 자기를 지키고 세상을 지키는 길이 된다.

그 사실을 분명히 알고 있는 나무들은 자기 자리에서 행복을 찾는 방법을 너무도 잘 알고 있다. 남과 비교하여 스스로를 평가하고 자리매김하는 것이 아니라, 오로지 자기의 삶 하나만을 두고 거기에만 충실하다. 그리고 그 속에서 생의 의미를 얻고 삶을 영위(營爲)할 힘을 받는다.

그런 나무를 보며 나도 내 삶이 너무나도 소중하다는 걸 새삼 깨닫고는 한다. 비록 남들 보기엔 하찮고 평범한 삶일지라도 말이다. 앞으로도 나는 그 누구의 삶도 시샘하지 않으며, 남들이 내 삶을 어떻게 생각하든 관여치 않으련다. 내가 스스로 가치 있다고 여기면 그것으로 족하지 않은가. 내 삶에 점수를 매길 수 있는 사람은 나 자신뿐이라는 것을 늘 기억하며 살아갈 것이다.

구성지다 천연스럽고 구수하며 멋지다.
관목(灌木) 키가 작고 원줄기와 가지의 구별이 분명하지 않으며 밑동에서 가지를 많이 치는 나무.
교목(喬木) 줄기가 곧고 굵으며 높이가 8미터를 넘는 나무.
녹화하다(綠化--) 산이나 들 따위에 나무나 화초를 심어 푸르게 하다.
혈안(血眼) 붉게 충혈된 눈. 여기서는 '기를 쓰고 달려들어 독이 오른 눈'으로 쓰임.

나무

이양하

성자나 철학자와 같은 나무의 삶을 칭송하고 그와 같은 삶을 살고픈 글쓴이의 의지가 드러나 있는 글입니다. 산등성이나 골짜기에 있는 나무가 분수를 지키며 만족하는 것처럼, 꽃을 피우고 열매를 맺는 나무가 자신의 본분을 지키며 최선을 다하는 것처럼, 글쓴이는 그렇게 나무처럼 살고자 합니다. 천성대로 묵묵히 살고자 하는 글쓴이의 의지와 깨달음을 엿볼 수 있는 글입니다.

나무는 덕을 지녔다. 나무는 주어진 분수에 만족할 줄을 안다. 나무로 태어난 것을 탓하지 아니하고, 왜 여기에 놓이고 저기 놓이지 않았는가를 말하지 아니한다. 등성이에 서면 햇살이 따사로울까, 골짜기에 내려서면 물이 좋을까 하여, 새로운 자리를 엿보는 일도 없다. 물과 흙과 태양의 아들로 물과 흙과 태양이 주는 대로 받고, 후박과 불만족을 말하지 아니한다. 이웃 친구의 처지에 눈떠 보는 일도 없다. 소나무는 진달래를 내려다보되 깔보는 일이 없고, 진달래는 소나무를 우러러보되 부러워하는 일이 없다. 소나무는 소나무대로 스스로 족하고, 진달래는 진달래대로 스스로 족하다.

　나무는 고독하다. 나무는 모든 고독을 안다. 안개에 잠긴 아침의 고독을 알고, 구름에 덮인 저녁의 고독을 안다. 부슬비 내리는 가을 저녁의 고독도 알고, 함박눈 펄펄 날리는 겨울 아침의 고독도 안다. 나무는 파리 옴짝 않는 한여름 대낮의 고독도 알고, 별 얼고 돌 우는 동짓달 한밤의 고독도 안다. 그러나 나무는 어디까지든지 고독에 견디고 고독을 이기고 또 고독을 즐긴다.

　나무에 아주 친구가 없는 것은 아니다. 달이 있고, 바람이 있고, 새가 있다. 달은 때를 어기지 아니하고 찾고, 고독한 여름밤을 같이 지내고 가는 의리 있고 다정한 친구다. 웃을 뿐 말이 없으나, 이심전심(以心傳心) 의사가 잘 소통되고 아주 비위에 맞는 친구다. 바람은 달과 달라 아주 변덕 많고 수다스럽고 믿지 못할 친구다. 그야말로 바람잡이 친구다. 자기 마음 내키는 때 찾아올 뿐 아니라, 어떤 때는 쏘삭쏘삭 알랑대고, 어떤 때는 난데없이 휘갈기고, 또 어떤 때는 공연히 뒤틀려 우악스럽게 남의 팔다리에 생채기를 내 놓고 달아난다. 새 역시 바람같이 믿지 못할 친구다. 역시 자기 마음 내키는 때 찾아오고, 자기 마음 내키는 때 달아난다. 그러나 가다 믿고 와 둥지를 틀고, 지쳤을 때 찾아와 쉬며 푸념하는 것이 귀엽다. 그리고 가다 흥겨워 노래할 때 노래 들을 수 있는 것이 또한 기쁨이 되지 아니할 수 없다.

　나무는 이 모든 것을 잘 가릴 줄 안다. 그러나 좋은 친구라 하여 달만을 반기고, 믿지 못할 친구라 하여 새와 바람을 물리치는 일도 없다. 그리고 달을 유달리 후대하고 새와 바람을 박대

불교의 소위 윤회설이 참말이라면

나는 죽어서 나무가 되고 싶다.

하는 일도 없다. 달은 달대로, 새는 새대로, 바람은 바람대로 다 같이 친구로 대한다. 그리고 친구가 오면 다행으로 생각하고, 오지 않는다고 하여 불행해하는 법이 없다.

　같은 나무, 이웃 나무가 가장 좋은 친구가 되는 것은 두말할 것이 없다. 나무는 서로 속속들이 이해하고 진심으로 동정하고 공감한다. 서로 마주 보기만 해도 기쁘고, 일생을 이웃하고 살아도 싫증 나지 않는 참다운 친구다. 그러나 나무는 친구끼리 서로 즐긴다느니보다는 제각기 하늘이 준 힘을 다하여 널리 가지를 펴고, 아름다운 꽃을 피우고, 열매를 맺는 데 더 힘을 쓴다. 그리고 하늘을 우러러 항상 감사하고 찬송하고 묵도하는 것으로 일삼는다. 그러기에 나무는 언제나 하늘을 향하여 손을 쳐들고 있다. 그리고 온갖 나뭇잎이 우거진 숲을 찾는 사람이 거룩한 전당에 들어선 것처럼 엄숙하고 경건한 마음으로 자연 옷깃을 여미고 우렁찬 찬가에 귀를 기울이게 되는 이유도 여기 있다.

　나무에 하나 더 원하는 것이 있다면, 그것은 천명(天命)을 다한 뒤에 하늘 뜻대로 다시 흙과 물로 돌아가는 것이다. 그러나 사람은 가다 장난삼아 칼로 제 이름을 새겨 보고, 흔히는 자기 쓸 곳 닿는 대로 가지를 쳐 가고, 송두리째 베어 가곤 한다. 나무는 그래도 원망하지 않는다. 새긴 이름은 도리어 그들의 원대로 키워지고, 베어 간 재목이 혹 자기를 해칠 도낏자루가 되고 톱 손잡이가 된다 하더라도 이렇다 하는 법이 없다. 나무는 훌륭한 견인주의자요, 고독의 철인(哲人)이요, 안분지족(安分知足)의 현인(賢人)이다. 불교의 소위 윤회설(輪廻說)이 참말이라면 나는 죽어서 나무가 되고 싶다.

'무슨 나무가 될까?' 이미 나무를 뜻하였으니 진달래가 될까, 소나무가 될까는 가리지 않으련다.

후박(厚薄) 많고 넉넉함과 적고 모자람.
후대하다(厚待--) 아주 잘 대접하다.
박대하다(薄待--) 정성을 들이지 않고 아무렇게나 대접을 하다.
묵도하다(默禱--) 눈을 감고 말없이 마음속으로 빌다.
견인주의자(堅忍主義者) 욕망이나 욕심을 의지의 힘으로 굳게 참고 견디어 억제하려는 태도를 지닌 사람.

부석사 무량수전

최순우

무량수전을 비롯한 부석사에 대한 글쓴이의 애정과 예찬적 태도가 잘 드러나
있는 글입니다. 글쓴이는 무량수전의 건축사적 의의, 그 추녀의 곡선과 기둥
이 이루는 조화 등을 상세히 설명하며 우리 전통 건축물로서의 부석사의 아름
다움을 파노라마처럼 펼치고 있습니다.

소백산 기슭 부석사의 한낮, 스님도 마을 사람도 인기척이 끊
어진 마당에는 오색 낙엽이 그림처럼 깔려 초겨울 안개비에 촉
촉이 젖고 있다. 무량수전, 안양문, 조사당, 응향각 들이 마치
그리움에 지친 듯 해쓱한 얼굴로 나를 반기고, 호젓하고도 스산
스러운 희한한 아름다움은 말로 표현하기가 어렵다. 나는 무량
수전 배흘림기둥에 기대서서 사무치는 고마움으로 이 아름다움
의 뜻을 몇 번이고 자문자답했다.

무량수전은 고려 중기의 건축이지만 우리 민족이 보존해 온
목조 건축 중에서는 가장 아름답고 가장 오래된 건물임이 틀림

없다. 기둥 높이와 굵기, 사뿐히 고개를 든 지붕 추녀의 곡선과 그 기둥이 이루는 조화, 간결하면서도 역학적(力學的)이며 기능에 충실한 주심포의 아름다움, 이것은 꼭 갖출 것만을 갖춘 필요미이며 문창살 하나 문지방 하나에도 나타나 있는 비례의 상쾌함이 이를 데가 없다.

멀찍이서 바라봐도 가까이서 쓰다듬어 봐도 무량수전은 의젓하고도 너그러운 자태이며 근시안적인 신경질이나 거드름이 없다. 무량수전이 지니고 있는 이러한 지체(肢體)야말로 석굴암 건축이나 불국사 돌계단의 구조와 함께 우리 건축이 지니는 참멋, 즉 조상들의 안목과 그 미덕이 어떠하다는 실증을 보여 주는 본보기라 할 수밖에 없다.

무량수전 앞 안양문에 올라앉아 먼 산을 바라보면 산 뒤에 또 산, 그 뒤에 또 산마루, 눈길이 가는 데까지 그림보다 더 곱게 겹쳐진 능선들이 모두 이 무량수전을 향해 마련된 듯싶어진다. 이 대자연 속에 이렇게 아늑하고도 눈맛이 시원한 시야를 터줄 줄 아는 한국인, 높지도 얕지도 않은 이 자리를 점지해서 자연의 아름다움을 한층 그윽하게 빛내 주고 부처님의 믿음을 더욱 숭엄한 아름다움으로 이끌어 줄 수 있었던 뛰어난 안목의 소유자, 그 한국인, 지금 우리의 머릿속에 빙빙 도는 그 큰 이름은 부석사의 창건주 의상대사(義湘大師)이다.

이 무량수전 앞에서부터 당간 지주가 서 있는 절 밖, 그 넓은 터전을 여러 층단으로 닦으면서 그 마무리로 쌓아 놓은 긴 석축들이 각기 다른 각도에서 이뤄진 것은 아마도 먼 안산이 지니는

산 뒤에 또 산, 그 뒤에 또 산마루,

눈길이 가는 데까지 그림보다 더 곱게 겹쳐진 능선들이

모두 이 무량수전을 향해 마련된 듯싶어진다.

겹겹한 능선의 각도와 조화시키기 위해 풍수 사상에서 계산된 계획일 수도 있을 것 같다. 이 석축들의 짜임새를 바라보고 있으면 신라나 고려 사람들이 지녔던 자연과 건조물의 조화에 대한 생각을 알 수 있을 것 같고, 그것을 순리의 아름다움이라고 이름 짓고 싶다.

크고 작은 자연석을 섞어서 높고 긴 석축을 쌓아올리는 일은 자칫 잔재주에 기울기 마련이지만, 이 부석사 석축들을 돌아보고 있으면 이끼 낀 크고 작은 돌들의 모습이 모두 그 석축 속에서 편안하게 자리 잡고 있어서 희한한 구성을 이루고 있다.

해쓱하다 얼굴에 핏기나 생기가 없어 파리하다.
주심포(柱心包) 기둥머리 바로 위에 짜 놓은 나무 조각.
숭엄하다(崇嚴――) 높고 고상하여 범할 수 없을 정도로 엄숙하다.
창건주(創建主) 절을 새로 세운 시주(施主). 이때 '시주'란 '조건 없이 절이나 승려에게 물건을 베풀어 주는 일을 하는 사람'을 일컬음.
당간 지주(幢竿支柱) 당(幢)을 달아 세우는 대인 '당간'을 받쳐 세우는 기둥.
안산(案山) 풍수지리에서, 집터나 묏자리의 맞은편에 있는 산.

개미론

짧은 우화를 통해, 우리 사회의 병폐를 돌아보게 하는 글입니다. 글쓴이는 개미의 간악한 편파성을 꾸짖으려다가, 개미와 다를 바 없는 자신의 모습을 발견합니다. 그리고 자신의 허물은 묻어 둔 채 남의 허물을 탓하는 자신을 반성하고 있습니다.

가재는 눈도 있고 수염도 있어서 제법 그럴듯한 풍채인데, 굼벵이는 눈도 없고 수염도 없이 그저 초라한 모습이다. 자, 여러분은 이렇게 된 연유를 아시는가?

옛날 어느 곳에 가재와 굼벵이가 서로 이웃해서 살았다. 그런데 가재는 수염이 있는 대신 눈이 없고, 굼벵이는 눈이 있는 대신 수염이 없었다. 그래서 겉으로는 "이 위엄 있는 수염, 어험.", "이 밝은 눈은 어떻고?" 하며, 서로 제 것을 자랑했지만, 가재는 굼벵이의 밝은 눈이 탐났고, 굼벵이는 가재의 위엄 있는 수염이 부러웠다.

교과서 수필 다보기 1

그러다가 어느 날 그들은 그 수염과 눈을 바꾸기로 했다. 먼저 굼벵이가 제 눈을 빼서 가재에게 주었다. 가재가 굼벵이의 밝은 눈을 받아 달고 보니, 세상은 더없이 환하고, 저의 수염은 더욱더 위엄 있게 보였다. 그래서 가재는 저의 그 위엄 있는 수염을 굼벵이에게 줄 생각이 없어졌다. 굼벵이는 가재가 그 수염을 선뜻 내주지 않자, "왜 이렇게 꾸물대는가?" 하고 다그쳤다. 그러자 가재는 "눈도 없는 놈이 수염은 달아서 무얼 해?" 하고는 그냥 가 버렸다.

옆에서 이 광경을 지켜본 개미는 굼벵이의 하는 짓과 그 당하는 꼴이 너무도 우스워서, 그만 웃고 웃고 하다가 허리가 잘록해졌다.

나는 이 이야기를 들었을 때 그 굼벵이란 놈이 여간 한심스럽지가 않았다. 아무리 수염이 부럽기로서니 눈을 주고 바꾸다니. 그는 저의 눈이 얼마나 소중한 것인지를 알지 못했다. 게다가 그 수염이라는 것마저도 꼭 받을 수 있다는 아무 보장도 없이 제 눈을 먼저 덜컥 뽑아 주었다. 무지와 경박, 참으로 한심스러운 놈이다. 수백 번 세인의 웃음을 사 마땅하지 않은가?

나는 또 가재라는 놈이 괘씸했다. 아무리 새 욕심이 생겼기로서니 제 수염은 못 주겠다니, 신의란 털끝만치도 없는 놈이다. 게다가 그 하는 말 좀 들어 보라. 눈도 없는 놈이 수염은 달아서 무얼 하느냐고? 그런 제 놈은 지금까지 눈이 있어서 수염을 달았는가? 배신과 모순, 참으로 괘씸한 놈이 아닐 수 없다. 수천 번 세인의 질타를 받아 마땅하지 않은가?

가재와 굼벵이 이야기를 듣고 이쯤 생각하는데, 어디선지 자지러지게 웃어 대는 개미의 웃음소리가 들려왔다. 순간 얄미운 생각이 번뜩 들었다. 아니 괘씸했다. 굼벵이의 무지와 경박은 허리가 끊어지게 웃어 대는 놈이 어찌하여 가재의 배신과 모순(矛盾)에 대해선 일언반구 말이 없는가? 더구나 배신과 모순은 부도덕하기까지 한 것이다. 그런데도 말은 고사하고 손가락질 한 번이 없다. 그렇다면 개미란 놈은 왜 그토록 편파적이었을까? 굼벵이의 무지와 경박이 하도 우습다 보니, 가재의 배신과 모순은 미처 눈에 띄지 않았던 것일까? 그럴 수도 있다. 그러나 그렇지 않을 수도 있다. 약간의 상상을 보태 보자. 만일 굼벵이에게 예민한 촉각과 날카로운 이빨이 있었다면, 어떻게 되었을까? 그럴 때도 개미란 놈이 그토록 편파적일 수 있었을까? 굼벵이는 처음부터 개미가 두려워할 만한 아무것도 가지지 못했다. 게다가 이제는 눈까지 없다. 그러므로 백 번 웃어 주어도 보복당할 염려가 없는 것이다.

그러나 가재는 그렇지 않다. 옆 걸음을 쳐도 개미보다는 빠르고, 이제는 밝은 눈까지 달았으니 숨을 수도 없다. 잘못 보였다가는 언제 그 예리한 집게발에 허리가 잘릴지 모른다. 개미는 이런 것을 잘 알았을 것이다.

내가 이 글을 쓴 것은 굼벵이의 무지와 경박을 비웃으려는 게 아니었다. 가재의 배신과 모순을 질타하려는 것도 아니었다. 다소 그런 뜻이 없는 것은 아니지만, 그보다는 개미의 간악한 편파성을 꾸짖자는 것이 주된 목적이었다. 개미는 가재의 잘못을 질타했어야 한다. 보복이 두려워 그러지 못했다면, 굼벵이의 어

'너에게서 나온 것은 너에게로 돌아간다.'는 옛말이 있다.
내가 개미를 꾸짖은 말이 나를 꾸짖는 말로 돌아오다니,
참으로 말의 어려움을 알겠다.

리석음도 비웃지 말았어야 한다. 그래야 공평하지 않은가?

그러나 이제는 더 꾸짖을 용기가 나질 않는다. 아니, 앞에서 몇 마디 꾸짖은 것도 오히려 취소하고 싶은 심정이다.

지금 개미란 놈이 어떻게 알고 찾아와, 나에게 삿대질을 하며, 고래고래 소리를 치고 있다.

"이봐요, 정 선생. 내가 당신에게 보복할 만한 힘이 없다고 해서, 이렇게 나를 매도하는 거요? 호랑이가 나처럼 했어도 이럴 거요?"

내 발이 저리니 어떻게 더 개미를 꾸짖겠는가? '너에게서 나온 것은 너에게로 돌아간다.'는 옛말이 있다. 내가 개미를 꾸짖은 말이 나를 꾸짖는 말로 돌아오다니, 참으로 말의 어려움을 알겠다. 그럼 어찌할까? 호랑이를 꾸짖을 수 있는 용기를 가질 때까지는 개미를 꾸짖는 일을 삼갈 수밖에 없다. 적어도 공평이라는 것을 우리가 숭상(崇尙)해야 할 가치라고 믿는다면.

경박(輕薄) 언행이 신중하지 못하고 가벼움.
질타(叱咤) 큰 소리로 꾸짖음.
일언반구(一言半句) 한 마디 말과 반 구절이라는 뜻으로, 아주 짧은 말을 이름.
편파적(偏頗的) 공정하지 못하고 어느 한쪽으로 치우친. 또는 그런 것.
매도하다(罵倒――) 심하게 욕하며 나무라다.

눈 내린 풍경을 바라보며

이남호

눈 내리는 풍경을 통해, 인공적인 그 어떤 아름다움도 자연의 아름다움에 미치지 못한다는 것을 깨우치는 글입니다. 이 글에는 눈 내리는 풍경과 잘 어우러졌던 과거 생활 문화와 그렇지 못한 현대 사회의 수많은 인공적인 아름다움이 대비되고 있습니다. 이로써 자연에 내재하는 아름다움과 그에 상응하는 것이야말로 진정한 아름다움임을 깨닫게 됩니다.

눈은 낭만적이다. 눈은 철없는 사람들을 들뜨게 만든다. 다시 말해, 눈은 젊은 사람들과 마음의 여유가 있는 사람들의 마음을 설레게 한다. 그리운 사람에게 전화라도 해야 할 것 같고, 그냥 집에 들어가기보다는 어느 찻집에서 차라도 한잔해야 할 것 같은 기분을 준다. 그러나 눈은 현실을 고통스럽게 만들기도 한다. 눈은 교통지옥을 만들고, 거리를 지저분하게 만들고, 눈 치우는 고단한 일을 강요한다. 눈은, 낭만을 사는 사람에게는 기쁨이지만, 현실을 사는 사람에게는 고통이다.

눈 내린 세상은 경이롭다. 하얗게 눈을 뒤집어쓰고 있는 북한 산의 모습을 바라보는 것은 큰 기쁨이다. 나무도 그러하다. 상록수는 상록수대로 솜 같은 눈을 머리에 이고 있는 모습이 아름다우며, 메마른 활엽수들은 또 그 나름대로 자신의 가지 위에 하얀 띠를 두르고 있는 모습이 매혹적이다. 바위 위에 내린 눈도 보기가 참 좋다. 그런가 하면, 눈 내린 강가의 풍경, 특히 하얗게 변한 모래톱이 인상적이다. 눈은 세상을 아름답게 만드는 놀라운 힘을 지녔다.

눈 내린 다음 날 길을 가면서 우연히 기와집에 눈이 머물렀다. 우리 동네에는 언덕에 큰 기와집이 몇 채 있는데, 눈은 그 기와집의 기품을 새롭게 인식시켜 주었다. 빌딩이나 아파트는 눈이 내려도 달라지지 않는다. 양옥집들, 슬레이트 집들도 눈이 내려도 그리 새롭게 보이지 않는다. 많은 양옥집과 빌라들 사이에서 눈 덮인 기와집은 군계일학처럼 의젓하고도 아름다웠다. 어릴 적 보았던, 눈 덮인 초가집을 머릿속에 떠올려 보았다. 그것도 아름다웠던 것 같다. 그리고 보니 현대 문명이 만든 것들은 눈이 내려도 별로 아름답지 않은 듯하다. 아파트가 그러하고, 자동차가 그러하고, 도심의 풍경이 다 그러하다. 어릴 적 눈 내린 장독대의 풍경은 그토록 아름다웠는데, 왜 화려한 도심의 길거리 풍경은 눈이 내려도 전혀 아름답지 않을까?

산과 나무와 바위와 같이 기와집, 초가집, 장독대 같은 것들은 그 아름다움이 자연에 가까운 것이기 때문에 눈과 잘 어울린다고 생각할 수 있을 것 같다. 바꾸어 말하면 아파트나 자동차 같은 아름다움은 자연과 동떨어진 아름다움이기 때문에 눈과

눈이란 어떤 대상이 자연스러운 아름다움인가
아니면 억지스럽게 인공적으로 만들어진 아름다움인가를
구별해 주는 것이라고 할 수도 있다.

잘 어울리지 않는다고 생각할 수 있다. 이렇게 생각해 본다면, 눈이란 어떤 대상이 자연스러운 아름다움인가 아니면 억지스럽게 인공적으로 만들어진 아름다움인가를 구별해 주는 것이라고 할 수도 있다.

우리는 수많은 인공적 아름다움 속에서 생활한다. 그러다 보니 진정한 아름다움의 기준을 상실하고 사는 것 같다. 정말 보기 흉하고 마음을 불편하게 하는 것들이 새로운 아름다움이라고 뽐내는 경우를 많이 본다. 그런 경우가 너무 많으니까 나 자신의 아름다움에 대한 기준도 혼란스러워진다. 눈 내린 풍경은 나에게 무엇이 아름다운 것인가를 다시 한번 일깨워 준다. 그것은 자연의 질서에 가까운 것, 자연 속에 내재(內在)하는 아름다움에 상응하는 것이 진정한 아름다움이라는 점이다.

자연이 우리에게 주는 것은 많다. 그중에서 우리가 잘 인식하지 않는 것, 그렇지만 무엇보다 중요한 것은 아름다움에 대한 바른 감각을 길러 준다는 것이다. 우리가 아름다움과 더불어 사는 삶을 살고자 한다면, 어릴 때부터 자연 속에서 자연의 아름다움을 가까이하면서 자라야 할 것 같다. 인간이 만든 어떤 위대한 예술품도, 신이 만든 나무나 풀 한 포기의 아름다움에 미치지 못한다는 사실을, 눈 내린 풍경을 바라보며 다시 한번 깨닫는다.

모래톱 강가나 바닷가에 있는 넓고 큰 모래벌판. 모래사장.
군계일학(群鷄一鶴) '닭의 무리 가운데에서 한 마리의 학'이란 뜻으로, 많은 사람 가운데서 뛰어난 인물을 이르는 말.
상응하다(相應--) 서로 응하거나 어울리다.

열보다 큰 아홉

이문구

아홉과도 같은 처지에 놓인, 미래의 꿈과 가능성을 지닌 청소년들을 위로하고 격려하는 글입니다. 글쓴이는 우리 조상들이 십진수에서 제일 먼저 꽉 찬 수이자 성공한 수인 '열'보다, 완전에 거의 다다른 수인 '아홉'을 더 사랑했다는 것을 다양한 예시로 보여 줍니다. 평범한 숫자에 대한 글쓴이의 비범한 사색이 돋보입니다.

오늘은 아홉과 열이라는 수가 지니고 있는 뜻에 대해서 생각해 보기로 합시다.

잘 아시다시피 열은 십·백·천·만·억 등의 십진급수에서 제일 먼저 꽉 찬 수입니다. 그러므로 이 열에 얼마를 더 보태거나 빼거나 한다면 그것은 이미 열이 아닌 다른 수가 됩니다.

무엇을 하기에 그 이상 좋을 수가 없이 알맞은 경우에 '십상 좋다.'고 말하는 십상도, 열 십(十) 자와 이룰 성(成) 자에서 나온 말입니다. 그만큼 열이란 수는 이미 이룰 것을 이룩한 완전한 수이며, 성공을 한 수인 것입니다.

그러면 아홉이란 수는 어떤 수입니까? 두말할 필요도 없이 열보다 하나가 모자라는 수입니다. 다시 말하면, 완전에 거의 다다른 수, 거기에 하나만 보태면 완전에 이르게 되는 수, 그래서 매우 아쉬움을 느끼게 하는 수인 것입니다.

그러면 아홉은 정녕 열보다 적거나 작은 수일까요? 그렇지 않습니다. 예를 들어 보겠습니다.

끝없이 높고 너른 하늘을 십만 리 장천이라고 하지 않고 구만 리장천이라고 합니다. 젊은이더러 앞길이 구만리 같은 사람이라고 하는 말과 같은 뜻이지요.

굽이굽이 한없이 서린 마음을 구곡간장이라고 하고, 굽이굽이 에워 도는 산굽이가 얼마인지 모르는 길을 구절양장이라고 하고, 통과해야 할 문이 몇이나 되는지 모르는 왕실을 구중궁궐이라고 하고, 죽을 고비를 수도 없이 넘기고 살아난 것을 구사일생이라고 표현하고 있습니다.

또 있습니다. 끝 간 데가 어디인지 모르는 땅속이나 저승을 구천이라고 하고 임금보다 한 계급 모자라는 대신인 삼공육경을 구경이라고 합니다. 문화재로 남아 있는 탑들을 보면, 구 층 탑은 부지기수로 많아도, 십 층 탑은 아직 보지 못하였습니다.

동양에서는, 그중에서도 특히 우리나라에서는, 오랜 옛날부터 열보다 아홉을 더 사랑했습니다. 얼마나 사랑했으면 아홉 구 자가 두 번 든 음력 구월 구일을 중양절이니, 중굿날이니 하는 이름으로 부르면서, 천 년이 넘도록 큰 명절로 정하고 쇠어 왔겠습니까.

아홉은 열보다 많고, 열보다 크고, 열보다 높고,

열보다 깊고, 열보다 넓고, 열보다 멀고, 열보다 긴 수였다.

우리의 조상들이 열보다 아홉을 더 사랑한 것은 무슨 까닭이었을까요? 간단히 말해서 모든 일에 완벽함을 기대하지 않았다는 뜻이 아니었을까요? 다시 말하면, 이 세상에 완전한 것은 없다는 사실을, 우리의 선조들은 아주 오랜 옛날부터 익히 알고 있었다는 것입니다.

우리가 흔히 듣는 말에 "모든 기록은 깨어지기 위해서 있다."라는 말이 있습니다. 이 말이 맞지 않는 말이라면, 여러분이 아시다시피 세계 제일의 기록만을 수록하는 《기네스북》도 해마다 다시 찍어 내야 할 까닭이 없겠지요.

모든 기록이 반드시 깨어지기 마련인 것은, 그 기록을 이룩한 것이 인간이기 때문이라고 생각합니다. 인간은 저마다 무한한 가능성을 타고난 사실과 아울러서, 이 세상에 완전한 인간은 결코 어디에도 있을 수가 없다는 사실 또한 그 스스로가 증명해 주는 존재이기도 합니다.

열이란 수가 넘치지도 않고 모자라지도 않고, 또 조금도 여유가 없는 꽉 찬 수, 그래서 다음도 없고 다음다음도 없이 아주 끝나 버린 수라는 점에서, 아홉은 열보다 많고, 열보다 크고, 열보다 높고, 열보다 깊고, 열보다 넓고, 열보다 멀고, 열보다 긴 수였으며, 그리하여 다음, 또 그다음, 그도 아니면 그 다음다음을 바라볼 수 있는, 미래의 꿈과 그 가능성의 수였기에, 슬기롭고 끈기 있는 우리의 선조들에게 일찍부터 열보다 열 배도 넘는 사랑을 담뿍 받아 왔던 것입니다.

하물며 여러분은 지금 한창 자라고, 한창 배우고, 한창 놀아야 할 중학생입니다. 여러분은 지금 무엇 한 가지도 완벽할 수가 없으며, 항상 어딘가가 부족하고 어설픈 것이 오히려 정상적인 학생입니다. 행여 무엇이 남들보다 모자란 것이 아닌가 싶어서 스스로 괴로워하고 외로워하고 서글퍼해 온 학생이 있다면, 어떨까요, 이제부터라도 열이란 수보다 아홉이란 수를 더 사랑해 보는 것은.

장천(長天) 끝없이 잇닿아 멀고도 넓은 하늘.
삼공육경(三公六卿) 조선 시대에, 삼정승과 육조 판서를 통틀어 이르던 말.
부지기수(不知其數) 헤아릴 수가 없을 만큼 많음. 또는 그렇게 많은 수효.

사막을 같이 가는 벗

양귀자

신학기 외로운 학교생활을 견뎌 냈던 것처럼, 높고 거친 '파도'와 무서운 '사막' 같은 인생을 살아가면서 영혼을 나눌 친구가 필요함을 역설하고 있는 글입니다. 글쓴이는 '사막을 같이 가는 벗'이 되기 위해, 먼저 노력하는 자세가 중요하다고 말하고 있습니다.

　　학창 시절에는 유별나게도 학년이 바뀌고 반이 바뀌어 친구들과 뿔뿔이 흩어져야 하는 신학기가 싫었다. 마음으로 간절히 원했던 친구는 거의 언제나 다른 반으로 가 버렸고, 한 반이 되지 않기를 빌고 빌었던 친구는 어김없이 한 반으로 편성되곤 하는 불행 아닌 불행 앞에서 얼마나 많이 속상해했는지 모른다.

　　그래서 학년이 바뀌고 처음 얼마 동안은 늘 마음을 잡지 못했다. 아침에 눈을 떠 학교에 갈 일을 생각하면 가슴 한 켠이 써늘해지곤 하던 그 느낌을 지금도 나는 선연(鮮然)히 떠올릴 수가 있다.

특히 운동장 조회나 체육 시간 같은 때 친한 친구도 없이 외따로 떨어져 그 지겨운 시간을 견딜 생각을 하면 어디론가 도망가고 싶을 지경이었다. 게다가 점심시간은 또 얼마나 무렴(無廉)한지, 친하지도 않은 짝과 김칫국물 흐른 도시락을 꺼내 놓고 밥알 씹는 소리까지 서로 환히 들어가며 밥 먹을 생각을 하면 입맛도 달아나 버렸다.

그런데 다른 아이들은 그렇지 않은 것 같았다. 가만히 살펴보면 어느새 하나둘씩 친한 친구를 만들어 저희끼리 밥도 먹고 조회 시간에도 나란히 서서 다정하게 속살거리는데, 그 속에서 혼자만 외톨이로 빙빙 돌고 있는 아이는 나 하나뿐인 것처럼 생각되곤 했다.

그 지독한 소외감은 물론 시간이 흐르면서 조금씩 나아지기는 했다. 여름 방학을 할 때쯤이면 운동장 조회나 점심시간을 외롭게 하지 않을 단짝 한 명 정도는 발견하기 마련이니까 결국은 시간이 해결해 주기 마련이다.

그러나 역시 시간이 흐르면 신학기 또한 어김없이 다시 찾아오는 것이었다. 그러면 다시 이별과 탐색, 그리고 그 지독한 소외감에 시달리는 쓸쓸한 나날이 잊지도 않고 이어지는 것이었다.

이제는 반이 나뉘고 새로운 급우들한테서 실컷 낯섦을 맛봐야 하는 신학기 따위는 영영 내 곁에서 사라졌다. 그 대신 시기하고 미워하며, 또는 빼앗고 속이는 황폐한 세상살이에 낯가림하며 사는 나날 속으로 내던져지고 말았다.

망망대해(茫茫大海)를 헤매는 듯한 인생의 항해는 신학기 잠시의 외로움을 극복하는 일 따위와는 비교도 할 수 없을 만큼 두

나는 지금 무서운 사막을 홀로 걷고 있는 것은 아닌지,

지금 내 삶의 의미를 설명해 줄 단 한 사람의 증인도 없이

마음을 닫고 살아가는 것은 아닌지.

려움 가득하고 힘들다. 삶은 고난투성이고 끝없는 인내를 요구하기만 하는데, 그러나 홀로 헤치는 파도는 높고 거칠기만 한 것이다.

바로 이때에 영혼을 함께 나눌 친구가 절실히 필요해진다. 인생이란 험난한 항해를 같이 겪고 있다는 동지애의 확인, 혹은 내 삶의 따뜻한 동반자라는 느낌이 전해져 오는 친구와 같이 있는 시간에는 이 세상도 한번 살아 볼 만하다는 용기가 솟는다.

목소리만 듣고도 친구가 처해 있는 상황을 눈치채는 우정, 눈짓만 보아도 친구가 무엇을 원하는지 알아채는 우정, 그런 돈독한 우정을 상호 간에 교환하고 있는 이들이라면, 그렇다면 적어도 실패한 삶은 아니라고 단정할 수 있는 것이다.

살아가면서 그런 우정을 가꾸는 이들을 종종 만난다. 비록 나의 친구는 아니지만 그 모습을 보는 일은 참 아름답다. 언젠가 친구가 사업에 실패해서 낙향(落鄕)하여 쓸쓸히 살아가는 것을 안쓰러워하다 못해 자기도 다니던 직장을 정리하고 가족과 함께 시골로 내려가 친구 옆에서 땅을 일구는 사람을 만난 적이 있었다.

이미 결혼하여 각각의 식솔을 이끌고 있는 두 사람한테는 참으로 어려운 결정이었겠지만, 양쪽 집의 가족들 모두는, 한결같이 이렇게 말하는 것이었다. 냉혹한 이 세상에 대항하기 위해 두 집이 힘을 합쳤으니 얼마나 든든하냐고.

누군가는 말했다. 친구 없이 사는 일만큼 무서운 사막은 없다고. 또 누군가는 말했다. 친구 없이 사는 것은 증인 없이 죽는 일이라고.

그 말들을 새기고 있으면 불현듯 마음이 찡해 온다. 나는 지금 무서운 사막을 홀로 걷고 있는 것은 아닌지, 지금 내 삶의 의미를 설명해 줄 단 한 사람의 증인도 없이 마음을 닫고 살아가는 것은 아닌지.

하지만 우정은 상호 간의 교류이다. 일방적인 행위가 결코 아닌 것이다. 말하자면 내가 먼저 쌓아야 할 탑이고 내가 밭을 경작해서 맺어야 할 열매인 것이다. 그럼에도 불구하고 탑을 제대로 쌓는 사람, 혹은 빛깔 곱고 아름다운 열매를 맺는 사람은 참 드물다. 친구는 많지만 진정으로 벗이라 부를 만한 이는 몇이나 되는지, 그것만이라도 한 번쯤 되새겨 보며 살아야 하는 것 아닐까.

선연히(鮮然-) 실제로 보는 것같이 생생하게.
무렴하다(無廉--) 염치가 없음을 느껴 마음이 부끄럽고 거북하다.
돈독하다(敦篤--) 도탑고 성실하다.
식솔(食率) 한 집안에 딸린 구성원. 가족.

실수

나희덕

실수에 대한 글쓴이의 생각이 드러나 있는 글입니다. 글쓴이는 중국 곽휘원의
실수담과 비구니들이 사는 암자에 머무르며 저지른 스스로의 실수담을 언급
하며, 삶과 정신의 여백으로서 실수의 의미와 가치를 말하고 있습니다.

옛날 중국의 곽휘원(郭暉遠)이란 사람이 떨어져 살고 있는 아내
에게 편지를 보냈는데, 그 편지를 받은 아내의 답시는 이러했다.

벽사창에 기대어 당신의 글월을 받으니
처음부터 끝까지 흰 종이뿐이옵니다.
아마도 당신께서 이 몸을 그리워하심이
차라리 말 아니하려는 뜻임을 전하고자 하신 듯하여이다.

이 답시를 받고 어리둥절해진 곽휘원이 그제야 주위를 둘러
보니, 아내에게 쓴 의례적(儀禮的)인 문안 편지는 책상 위에 그

대로 있는 게 아닌가. 아마도 그 옆에 있던 흰 종이를 편지인 줄 알고 잘못 넣어 보낸 것인 듯했다. 백지로 된 편지를 전해 받은 아내는 처음엔 무슨 영문인가 싶었지만, 꿈보다 해몽이 좋다고, 자신에 대한 그리움이 말로 다할 수 없음에 대한 고백으로 그 여백을 읽어 내었다. 남편의 실수가 오히려 아내에게 깊고 그윽한 기쁨을 안겨 준 것이다. 이렇게 실수는 때로 삶을 신선한 충격과 행복한 오해로 이끌곤 한다.

실수라면 나 역시 일가견이 있는 사람이다. 언젠가 비구니들이 사는 암자에서 하룻밤을 묵은 적이 있다. 다음 날 아침 부스스해진 머리를 정돈하려고 하는데, 빗이 마땅히 눈에 띄지 않았다. 원래 여행할 때 빗이나 화장품을 찬찬히 챙겨 가지고 다니는 성격이 아닌 데다 그날은 아예 가방조차 가지고 있지 않았다. 그러던 중에 마침 노스님 한 분이 나오시기에 나는 아무 생각도 없이 이렇게 여쭈었다.

"스님, 빗 좀 빌릴 수 있을까요?"

스님은 갑자기 당황한 얼굴로 나를 바라보셨다. 그제서야 파르라니 깎은 스님의 머리가 유난히 빛을 내며 내 눈에 들어왔다. 나는 거기가 비구니들만 사는 곳이라는 사실을 깜박 잊고 엉뚱한 주문을 한 것이었다. 본의 아니게 노스님을 놀린 것처럼 되어 버려서 어쩔 줄 모르고 서 있는 나에게, 스님은 웃으시면서 저쪽 구석에 가방이 하나 있을 텐데 그 속에 빗이 있을지 모른다고 하셨다.

방 한구석에 놓인 체크무늬 여행 가방을 찾아 막 열려고 하다 보니 그 가방 위에는 먼지가 소복하게 쌓여 있었다. 적어도 5, 6년은 손을 대지 않은 것처럼 보이는 그 가방은 아마도 누군가 산으로 들어오면서 챙겨 들고 온 속세(俗世)의 짐이었음이 틀림없었다. 가방 속에는 과연 허름한 옷가지들과 빗이 한 개 들어 있었다.

나는 그 빗으로 머리를 빗으면서 자꾸만 웃음이 나오는 걸 참을 수가 없었다. 절에서 빗을 찾은 나의 엉뚱함도 우물가에서 숭늉 찾는 격이려니와, 빗이라는 말 한마디에 그토록 당황하고 어리둥절해하던 노스님의 표정이 자꾸 생각나서였다. 그러나 그 순간 나는 보았다. 시간을 거슬러 올라가 검은 머리칼이 있던, 빗을 썼던 그 까마득한 시절을 더듬고 있는 그분의 눈빛을. 20년 또는 30년, 마치 물길을 거슬러 올라가는 연어 떼처럼 참으로 오랜 시간이 그 눈빛 위로 스쳐 지나가는 듯했다.

그 순식간에 이루어진 회상의 끄트머리에는 그리움인지 무상함인지 모를 묘한 미소가 반짝하고 빛났다. 나의 실수 한마디가 산사의 생활에 익숙해져 있던 그분의 잠든 시간을 흔들어 깨운 셈이다. 그걸로 작은 보시는 한 셈이라고 오히려 스스로를 위로해 보기까지 했다.

이처럼 악의가 섞이지 않은 실수는 봐줄 만한 구석이 있다. 그래서인지 내가 번번이 저지르는 실수는 나를 곤경(困境)에 빠뜨리거나 어떤 관계를 불화(不和)로 이끌기보다는 의외의 수확이나 즐거움을 가져다줄 때가 많았다. 겉으로는 비교적 꼼꼼해 보이는 인상이어서 나에게 긴장을 하던 상대방도 이내 나의 모

결국 실수는

삶과 정신의 여백에 해당한다.

자란 구석을 발견하고는 긴장을 푸는 때가 많았다.

또 실수로 인해 웃음을 터뜨리다 보면 어색한 분위기가 가시고 초면에 쉽게 마음을 트게 되기도 했다. 그렇다고 이런 효과 때문에 상습적으로 실수를 반복하는 것은 아니지만, 한번 어디에 정신을 집중하면 나머지 일에 대해서 거의 백지상태가 되는 버릇은 쉽사리 고쳐지지 않는다. 특히 풀리지 않는 글을 붙잡고 있거나 어떤 생각거리에 매달려 있는 동안 내가 생활에서 저지르는 사소한 실수들은 내 스스로도 어처구니가 없을 지경이다.

그러면 실수의 '어처구니없음'은 어디서 오는 것일까. 원래 어처구니란 엄청나게 큰 사람이나 큰 물건을 가리키는 뜻에서 비롯되었는데, 그것이 부정어와 함께 굳어지면서 어이없다는 뜻으로 쓰게 되었다. 크다는 뜻 자체는 약화되고 그것이 크든 작든 우리가 가지고 있는 상상이나 상식을 벗어난 경우를 지칭하게 된 것이다. 그러니 상상에 빠지기 좋아하고 상식으로부터 자유로워지려는 사람에게 어처구니없는 실수가 그림자처럼 따라다니는 것은 아주 자연스러운 일이다.

결국 실수는 삶과 정신의 여백에 해당한다. 그 여백마저 없다면 이 각박한 세상에서 어떻게 숨을 돌리며 살 수 있겠는가. 그리고 발 빠르게 돌아가는 세상에 어떻게 휩쓸려 가지 않고 남아 있을 수 있겠는가. 어쩌면 사람을 키우는 것은 능력이 아니라 실수의 힘일지도 모른다.

그러나 날이 갈수록 실수가 용납되는 땅은 점점 좁아지고 있다. 사소한 실수조차 짜증과 비난의 대상이 되기가 십상이다.

남의 실수를 웃으면서 눈감아 주거나 그 실수가 나오는 내면의 풍경을 헤아려 주는 사람을 만나기도 어려워져 간다. 나 역시 스스로는 수많은 실수를 저지르고 살면서도 다른 사람의 실수에 대해서는 조급하게 굴거나 너그럽게 받아 주지 못한 때가 적지 않았던 것 같다.

도대체 정신을 어디에 두고 사느냐는 말을 들을 때면 그 말에 무안해져 눈물이 핑 돌기도 하지만, 내 속의 어처구니는 머리를 디밀고 이렇게 소리치는 것이다. 정신과 마음은 내려놓고 살아야 한다고. 어디로 가는 줄도 모르고 뛰어가는 자신을 하루에도 몇 번씩 세워 두고 '우두커니' 있는 시간, 그 '우두커니' 속에 사는 '어처구니'를 많이 만들어 내면서 살아야 한다고. 바로 그 실수가 곽휘원의 아내로 하여금 백지의 편지를 꽉 찬 그리움으로 읽어 내도록 했으며, 산사의 노스님으로 하여금 기억의 어둠 속에서 빗 하나를 건져 내도록 해 주었다고 말이다.

벽사창(碧紗窓) 짙푸른 빛깔의 비단을 바른 창.
일가견(一家見) 어떤 문제에 대하여 독자적인 경지나 체계를 이룬 견해.
비구니(比丘尼) 여자 승려.
보시(布施) 자비심으로 남에게 재물이나 불법을 베풂.

무소유

법정

소유를 통해 진정한 평화와 자유에 이를 수 있음을 말하고 있는 글입니다. 소박한 삶을 중시했던 스님이 난(蘭)을 기르면서 집착과 소유욕을 품게 됩니다. 그러다 무소유를 실현함으로써 '날아갈 듯한 해방감'을 느끼고, 끊임없는 소유사였던 인류의 역사를 되짚어 보며 무소유의 가치를 돌아봅니다.

"나는 가난한 탁발승(托鉢僧)이오. 내가 가진 거라고는 물레와 교도소에서 쓰던 밥그릇과 염소젖 한 깡통, 허름한 요포(料布) 여섯 장, 수건 그리고 대단치 않은 평판(評判) 이것뿐이오."

마하트마 간디가 1931년 9월 런던에서 열린 제2차 원탁회의(圓卓會議)에 참석하기 위해 가던 도중 마르세이유 세관원에게 소지품(所持品)을 펼쳐 보이면서 한 말이다. K. 크리팔라니가 엮은 《간디 어록(語錄)》을 읽다가 이 구절을 보고 나는 몹시 부끄러웠다. 내가 가진 것이 너무 많다고 생각되었기 때문이다. 적어도 지금의 내 분수로는.

사실, 이 세상에 처음 태어날 때 나는 아무것도 갖고 오지 않았었다. 살 만큼 살다가 이 지상의 적에서 사라져 갈 때에도 빈손으로 갈 것이다. 그런데 살다 보니 이것저것 내 몫이 생기게되었다. 물론 일상에 소용되는 물건들이라고 할 수도 있다. 그러나 없어서는 안 될 정도로 꼭 요긴한 것들만일까? 살펴볼수록 없어도 좋을 만한 것들이 적지 않다.

우리들이 필요에 의해서 물건을 갖게 되지만, 때로는 그 물건 때문에 적잖이 마음이 쓰이게 된다. 그러니까 무엇인가를 갖는다는 것은 다른 한편 무엇인가에 얽매인다는 뜻이다. 필요에 따라 가졌던 것이 도리어 우리를 부자유하게 얽어맨다고 할 때 주객(主客)이 전도되어 우리는 가짐을 당하게 된다. 그러므로 많이 가지고 있다는 것은 흔히 자랑거리로 되어 있지만, 그만큼 많이 얽혀 있다는 측면도 동시에 지니고 있다.

나는 지난해 여름까지 난초 두 분(盆)을 정성스레, 정말 정성을 다해 길렀었다. 3년 전 거처를 지금의 다래헌으로 옮겨 왔을 때 어떤 스님이 우리 방으로 보내 준 것이다. 혼자 사는 거처라 살아 있는 생물이라고는 나하고 그 애들뿐이었다. 그 애들을 위해 관계 서적을 구해다 읽었고, 그 애들의 건강을 위해 비료를 구해 오기도 했었다. 여름철이면 서늘한 그늘을 찾아 자리를 옮겨 주어야 했고, 겨울에는 그 애들을 위해 실내 온도를 내리곤 했다.

이런 정성을 일찍이 부모에게 바쳤더라면 아마 효자 소리를 듣고도 남았을 것이다. 이렇듯 애지중지 가꾼 보람으로 이른 봄이면 은은한 향기와 함께 연둣빛 꽃을 피워 나를 설레게 했고, 잎은 초승달처럼 항시 청청했었다. 우리 다래헌을 찾아온 사람마다 싱싱한 난초를 보고 한결같이 좋아했다.

지난해 여름 장마가 갠 어느 날 봉선사로 운허 노사를 뵈러 간 일이 있었다. 한낮이 되자 장마에 갇혔던 햇빛이 눈부시게 쏟아져 내리고 앞 개울물 소리에 어울려 숲속에서는 매미들이 있는 대로 목청을 돋우었다.

아차! 이때서야 문득 생각이 난 것이다. 난초를 뜰에 내놓은 채 온 것이다. 모처럼 보인 찬란한 햇빛이 돌연 원망스러워졌다. 뜨거운 햇빛에 늘어져 있을 난초 잎이 눈에 아른거려 더 지체할 수가 없었다. 허둥지둥 그 길로 돌아왔다. 아니나 다를까, 잎은 축 늘어져 있었다. 안타까워하며 샘물을 길어다 축여 주고 했더니 겨우 고개를 들었다. 하지만 어딘지 생생한 기운이 빠져나간 것 같았다.

나는 이때 온몸으로 그리고 마음속으로 절절히 느끼게 되었다. 집착이 괴로움인 것을. 그렇다. 나는 난초에게 너무 집념한 것이다. 이 집착에서 벗어나야겠다고 결심했다. 난을 가꾸면서는 산철―승가(僧家)의 유행기에도 나그넷길을 떠나지 못한 채 꼼짝 못 했다. 밖에 볼일이 있어 잠시 방을 비울 때면 환기가 되도록 들창문을 조금 열어 놓아야 했고, 화분을 내놓은 채 나가다가 뒤미처 생각하고는 되돌아와 들여놓고 나간 적도 한두 번이 아니었다. 그것은 정말 지독한 집착이었다.

며칠 후, 난초처럼 말이 없는 친구가 놀러 왔기에 선뜻 그의 품에 분을 안겨 주었다. 비로소 나는 얽매임에서 벗어난 것이다. 날아갈 듯 홀가분한 해방감. 3년 가까이 함께 지낸 '유정'을 떠나보냈는데도 서운하고 허전함보다 홀가분한 마음이 앞섰다.

이때부터 나는 하루 한 가지씩 버려야겠다고 스스로 다짐을 했다. 난을 통해 무소유의 의미 같은 걸 터득하게 됐다고나 할까.

인간의 역사는 어떻게 보면 소유사처럼 느껴진다. 보다 많은 자기네 몫을 위해 끊임없이 싸우고 있다. 소유욕에는 한정도 없고 휴일도 없다. 그저 하나라도 더 많이 갖고자 하는 일념으로 출렁거리고 있다. 물건만으로는 성에 차질 않아 사람까지 소유하려 든다. 그 사람이 제 뜻대로 되지 않을 경우는 끔찍한 비극도 불사(不辭)하면서, 제 정신도 갖지 못한 처지에 남을 가지려 하는 것이다.

소유욕은 이해와 정비례한다. 그것은 개인뿐 아니라 국가 간의 관계도 마찬가지다. 어제의 맹방들이 오늘에는 맞서게 되는가 하면, 서로 으르렁대던 나라끼리 친선 사절을 교환하는 사례를 우리는 얼마든지 보고 있다. 그것은 오로지 소유에 바탕을 둔 이해관계 때문이다. 만약 인간의 역사가 소유사에서 무소유사로 그 방향을 바꾼다면 어떻게 될까. 아마 싸우는 일은 거의 없을 것이다. 주지 못해 싸운다는 말은 듣지 못했다.

간디는 이런 말을 했다.

"내게는 소유가 범죄처럼 생각된다……."

그가 무엇인가를 갖는다면 같은 물건을 갖고자 하는 사람들이 똑같이 가질 수 있을 때 한한다는 것. 그러나 그것은 거의 불하루 한 가지씩 버려야겠다고 스스로 다짐을 했다.

난을 통해 무소유의 의미 같은 걸 터득하게 됐다고나 할까.

가능한 일이므로 자기 소유에 대해서 범죄처럼 자책(自責)하지 않을 수 없다는 것이다.

우리들의 소유 관념이 때로는 우리들의 눈을 멀게 한다. 그래서 자기의 분수까지도 돌볼 새 없이 들뜬다. 그러나 우리는 언젠가 빈손으로 돌아갈 것이다. 내 이 육신마저 버리고 홀홀히 떠나갈 것이다. 하고많은 물량일지라도 우리를 어떻게 하지 못할 것이다.

크게 버리는 사람만이 크게 얻을 수 있다는 말이 있다. 물건으로 인해 마음을 상하고 있는 사람들에게는 한 번쯤 생각해 볼 말씀이다. 아무것도 갖지 않을 때 비로소 온 세상을 갖게 된다는 것은 무소유의 또 다른 의미이다.

전도(顚倒) 차례, 위치, 이치, 가치관 등이 뒤바뀌어 원래와 달리 거꾸로 됨.
청청하다(靑靑--) 싱싱하게 푸르다.
노사(老師) 나이 많은 승려를 높여 이르는 말.
유행기(遊行其) 여기저기 돌아다니며 수행하는 기간.
들창문(-窓門) 들어서 여는 창.
맹방(盟邦) 서로 동맹 조약을 체결한 당사국.

3부

말, 글, 책

우리말을 생각한다

일제 강점기에 단절된 우리말 발음 교육이 많은 사람들의 노력으로 올바른 모습을 되찾아 규범화되기까지의 역사를 살피고 있는 글입니다. 글쓴이는 개화기 국어학자인 주시경 선생의 말씀을 인용하며, 올바른 우리말 사용의 중요성을 강조하고 있습니다.

국어 교육이 이루어지지 못했던 일제 강점기를 거치면서 전승(傳承)되어 오던 우리말의 발음 교육도 단절되었다. 일제는 식민 통치를 위해 1926년에 경성방송을 세우고 일본어 방송을 시작했다. 조선어 방송은 1933년에야 제2방송으로 전파를 탈 수 있었다.

그해 11월에 방송된 권덕규의 〈한글강좌〉가 가장 오래된 우리말 계몽 방송으로 기록되어 있다. 이후 1936년 12월에는 이희승의 〈문자 이야기〉가 방송되었다. 그 당시 우리말 방송을 담당한 아나운서들은 우리말의 표준과 표준 발음에 관심을 갖고 연구했고, 그 내용을 선배가 후배에게 전수하는 식으로 교육했다. 아나운서가 우리말을 연구하고 후배에게 전수한 것은 1930년대 중반 경성방송국 시절, 당시 제2방송(조선어)에서 일했던 심우섭이 최초였다고 한다.

1933년 조선어학회가 처음으로 맞춤법을 제정하여 표준말 기준을 결정하고, 1936년에 표준말 어휘를 공포했다. 조선어학회가 6,200여 어휘를 조선어 표준말 모음으로 정하고 우리말 사용의 척도로 사용했다. 당시에는 표준 발음법까지는 정하지 않았다. 그나마 방송인 일부가 우리말의 품위를 높이고 음성 언어의 특성을 살린 발음 원칙을 세워 후배에게 교육해 우리말 전통을 이어가게 했을 뿐이었다.

광복 후에도 하루아침에 일본어를 없앨 수는 없었을 것이다. 1948년에 당시 문교부가 일제 강점기의 잔재(殘滓)인 일본어를 없애고 민족어인 한국어를 되찾으려는 국어 정화 운동을 펼쳤다. 당시 널리 통용된 일본어식 용어 938개를 한국어로 순화하여 《우리말 도로 찾기》란 소책자를 간행하기도 했다. 그 후 꾸준한 우리말 순화로 일본어 잔재는 많이 사라졌다.

한자어 배척도 있었고 순우리말로 된 새로운 조어(造語)도 나왔지만, 공감을 얻지 못한 말은 자연스레 사라졌다. 그런 틈에 들어온 서구의 외래어에는 손도 대지 못했다. 전쟁과 미군 주둔의 영향으로 강의, 강연, 대담, 간행물 등에 영어가 섞여 들어가면서 국어를 오염시켰다.

우리말의 발음은 1988년 〈표준 발음법〉이 제정되어 그 표준

말(言)은 곧 나라를 이루는 것인데,
말이 오르면 나라도 오르고 말이 내리면 나라도 내리나니라.

이 정해지기 전까지 국어사전마다 달랐다. 〈한글 맞춤법〉과 달리 발음법을 제정하기까지는 상당한 시간이 걸렸다. 표준 발음이 정해지지 않으니 제각기 다른 발음이 예사로 통용되었다. 비록 방송이 자체적으로 표준 발음의 원칙을 세웠지만 구속력이 약했다. 아직까지도 우리말의 올바른 발음이 무엇인지 혼란스러운 까닭이 여기에 있다.

일제의 잔재인 일본어를 지우기 위해 1948년 국어 순화 운동이 시작된 지 오랜 시간이 흘렀다. 세대교체가 두 번 이상 이루어질 수 있는 긴 시간이다. 일본어를 추방하느라 노력한 한 세대가 가고 나서 그 결실이 다음 세대에서 실현되었다. 지금 세대는 우리 부모 세대가 흔히 쓰던 '벤또'나 '와리바시' 같은 일본말을 모르고, 우리말로 '도시락, 나무젓가락'이라고 한다. 이와 마찬가지로 〈표준 발음법〉이 규범으로 보편화되려면 시간이 더 걸리겠지만, 표준을 지키려는 노력과 인식만 있다면 이를 앞당길 수도 있지 않을까.

표준어는 언어생활의 혼란을 막고 원만한 의사소통을 위해 국가적 차원에서 국민 모두가 공통으로 사용하라고 정한 말이다. 아울러 표준 발음도 역사와 전통을 바탕으로 정해진 우리의 규범임을 잊어서는 안 되겠다. 우리말과 우리글을 쓰지 못하고 성씨까지 바꿔야 했던 일제 강점기에 조선어학회가 마련한 맞춤법과 방송의 선구자들이 세운 우리말의 발음 원칙은 광복절을 맞으며 돌아봐야 할 역사의 유산이다. 주시경 선생의 말씀을 다시 기억하자.

"말(言)은 곧 나라를 이루는 것인데, 말이 오르면 나라도 오르고 말이 내리면 나라도 내리나니라."

전수하다(傳授--) 기술이나 지식 따위를 전하여 주다.
정화(淨化) 불순하거나 더러운 것을 깨끗하게 함.
순화하다(醇化--) 잡스러운 것을 걸러서 순수하게 하다.

울림이 있는 말

정민

문학 작품과 옛 일화를 통해, 울림이 있는 말을 사용하여 진심을 전하고자 했던 우리 선조들의 문화를 이야기하고 있는 글입니다. 마음속 생각을 직설적으로 표현하기보다 상대방을 고려하는 태도를 중시했던 선조들의 말하기와 듣기 문화에 비추어, 오늘날 우리의 말하기와 듣기 문화를 돌아보게 만드는 글입니다.

달 뜨면 오시마고 임은 말했죠.　　郎云月出來

달 떠도 우리 임은 아니 오시네.　　月出郎不來

아마도 우리 임 계시는 곳엔　　　想應君在處

산 높아 저 달도 늦게 뜨나 봐.　　山高月上遲

　조선 시대 능운(凌雲)이란 기생이 오지 않는 임을 그리며 지었다는 한시다. 달이 뜨면 오겠노라 철석같이 다짐을 하고 간 임이었다. 하지만 저 달이 중천에 뜨도록 오마던 임은 오실 줄을 모른다. 그녀는 저녁 내내 조바심이 나서 달만 보며 마당에 와 서 있다. 왜 안 오실까? 저 달을 못 보신 걸까? 혹시 마음이 변하신 것은 아닐까? 조바심은 점차 의구심(疑懼心)으로 변해, 자칫 그리움의 원망이 쏟아지고 말 기세다.

그러나 그녀는 슬쩍 말머리를 돌린다. 오지 않는 임에게 푸념을 늘어놓는 대신 오히려 무심한 체 임을 두둔(斗頓)해 주기로 한다. 아마 지금 임이 계신 곳에는 산이 하도 높아서, 내게는 훤히 보이는 저 달이 아직도 산에 가려 보이지 않는 모양이라고 말이다. 그렇지 않고서야 임이 내게로 오시지 않을 까닭이 없다. 설령 임이 나와의 언약을 까맣게 잊고 안 오시는 것이라 해도 나만은 그 사실을 인정하고 싶지가 않은 것이다. 여기에는 또 혹시 이제라도 오시지 않을까 하는 안타까운 바람도 담겨 있다. 임을 향해 직접적으로 퍼붓는 원망보다, 곡진한 표현 속에 읽는 이의 마음을 끌어당기는 더 큰 매력이 있음을 느끼게 된다.

멀리 함경도 안변 땅에 벼슬 살러 가 있던 양사언이 한양의 벗 백광훈에게 편지를 보내왔다. 그립던 벗의 편지라 반가워 뜯어 보니, 사연이라고는 "삼천 리 밖에서 조각구름 사이 밝은 달과 마음으로 친히 지내고 있소.(三千里外, 心親一片雲間明月)"란 딱 열두 자뿐이었다.

그래 이만한 사연을 전하자고 그 먼 천 리 길에 편지를 부쳤더란 말인가? 그대가 보고 싶어 저 달을 보고 있는데, 희미한 조각달인 데다가 그나마 자꾸 구름 속에 숨어 보이지 않으니 안타깝더란 말이다. 백 마디 보고 싶다는 말을 적은 편지보다 훨씬 더 짙은 정이 느껴진다. 이 편지를 손에 들고 달을 올려다보며, 역시 그 친구를 그려 눈물이 그렁그렁 맺혔을 백광훈의 모습이 눈에 선하다. 직접 다 말해야 맛이 아니다. 말하지 않아도 마음으로 통하고, 행간으로 고여 넘치는 정이 있다.

황희가 정승이 되었을 때, 공조 판서로 있던 김종서는 천성이 뻣뻣하여 그 태도가 거만하기 짝이 없었다. 의자에 앉을 때도 삐딱하게 비스듬히 앉아 거드름을 피우곤 했다. 하루는 황희가 하급 관리를 불러 이렇게 말했다. "김종서 대감이 앉은 의자의 다리 한쪽이 짧은 모양이니 가져가서 고쳐 오너라." 그 한마디에 김종서는 정신이 번쩍 들어서 사죄하고 자세를 고쳐 앉았다. 뒷날 그는 이렇게 술회했다. "내가 육진에서 여진족과 싸울 때 화살이 빗발처럼 날아오는 속에서도 조금도 두려운 줄을 몰랐는데, 그때 황희 대감의 그 말씀을 듣고는 나도 몰래 등 뒤에서 식은땀이 줄줄 흘러내렸었네." 정색을 한 꾸지람보다 돌려서 말한 그 한마디가 이 강골의 장수로 하여금 마음으로 자신의 교만을 뉘우치게 했다.

말의 힘은 이런 것이다. 돌려 말한 은근한 한마디가 시시콜콜히 설명하고 부연하는 장황한 요설보다 백 배 낫다. 직접 대놓고 얘기하면 불쾌할 말도 살짝 모를 눌러 넌지시 짚어 주면 정문일침 격으로 정신이 번쩍 든다. 그러나 이런 것도 말하는 이나 듣는 이나 모두 마음의 여유와 받아들일 자세를 갖추고 있을 때나 가능한 일이다.

웃으며 말을 하면서도 속에는 칼을 품고 있다. 아침에 한 말과 저녁에 하는 말이 같지 않다. 이익을 위해서라면 마음에 없는 말도 못할 것이 없다. 말의 값이 땅에 떨어진 세상에 우리는

마음에 고이는 법 없이 생각과 동시에 내뱉어지는 말,

이런 말 속에 여운이 없다.

살고 있다. 그러니 어딜 가나 소음뿐이다. 휴대 전화는 때와 장소를 가리지 않고 여기저기서 마구 울려 댄다. 옆의 사람은 아랑곳하지 않고 제 목소리만 높여 댄다. 마음에 고이는 법 없이 생각과 동시에 내뱉어지는 말, 이런 말 속에 여운이 없다. 들으려고는 않고 쏟아 내기만 하는 말에는 향기가 없다. 말이 많아질수록 어쩐지 공허감은 커져만 간다. 무언가 내면에 충만하게 차오르는 기쁨이 없다. 왜 그럴까?

이백의 시에, 왜 푸른 산에 사느냐는 물음에 씩 웃고 대답하지 않았다고 노래한 것이 있다. 산이 좋아서 사는 사람에게 산에 사는 이유가 달리 있을 까닭이 없다. 그 까닭을 말로 설명할 재간(才幹)도 없거니와, 설령 말한다고 한들 그가 알아듣기나 하겠는가? 이것이 침묵의 언어가 지닌 힘이다. 추사 김정희의 글씨 가운데 "작은 창에 햇살이 가득하여, 나로 하여금 오래 앉아 있게 한다.(小窓多明, 使我久坐)"라고 쓴 것을 보았다. 세간도 없이 책상 하나 놓인 방 안으로 따스한 햇살이 쏟아져 들어온다. 그 햇살이 고마워서 말없이 오래도록 꼼짝 않고 앉아 있었다는 말이다. 물질의 풍요는 비록 지금만 못했지만, 정신만은 넉넉하고 풍요로웠던 선인들의 체취가 문득 그립다. 말을 아끼고, 언어가 지닌 맛을 음미(吟味)할 줄 알았던 그 정신을 이제 어디 가서 찾을 수 있을까?

곡진하다(曲盡--) 매우 자세하고 간곡하다.
술회(述懷) 마음속에 품고 있는 여러 가지 생각을 말함. 또는 그런 말.
강골(强骨) 단단하고 굽히지 아니하는 기질.
요설(饒舌) 쓸데없이 말을 많이 함.
정문일침(頂門一鍼) '정수리에 침을 놓는다'는 뜻으로, 따끔한 충고나 교훈을 이르는 말.

인쇄 중에도
문장 고쳐 쓴 발자크

고두현

올바른 글쓰기 습관에 대해 생각하게 되는 글입니다. 글쓴이는 세계적으로
유명한 작가들의 실화를 들어, 고쳐쓰기의 효과를 이야기하고 있습니다. 쓴
글을 다시 고쳐 쓰다 보면, 처음 글을 쓸 때 미처 생각하지 못한 생각이 떠오르
기도 하고 문단을 짜임새 있게 정돈하여 통일성 있게 구성할 수도 있습니다.

등장인물이 2,400여 명에 이르는 《인간 희극》 시리즈의 프랑
스 작가 오노레 드 발자크(1799~1850). 그는 수없이 원고를 고
치고 다듬은 '퇴고의 달인'이었다. 한 페이지를 쓰기 위해 60장
이상을 새로 쓰고 또 고쳤다.

어제 쓴 글은 이미 낡은 것

이미 끝낸 소설을 열여섯 번까지 수정하기도 했다. 단조로운
묘사는 풍부하게, 늘어지는 이야기는 속도감 있게, 대화체는 더
생생하게 손질했다. 그 덕분에 그의 소설은 어느 작품보다 사실

적이고 재미있으며 생동감이 넘쳤다. 나폴레옹 시대를 거쳐 왕정 복고와 7월혁명(1830) 등 19세기 격동의 프랑스 사회도 깊이 있게 그릴 수 있었다.

원고를 인쇄소에서 조판한 뒤에도 그는 끊임없이 고쳤다. 출판사들은 그를 위해 특별 교정지를 준비해야 했다. 한가운데에 활자를 찍고 아래위와 양옆에 넓은 여백을 마련해 가필할 수 있도록 했다. 그는 여기에 고칠 문구와 더할 문장들을 **빽빽**하게 써넣었다. 여백이 모자라면 뒷면에 이어 쓰고, 그것도 부족하면 다른 종이에 따로 써서 풀로 붙였다.

인쇄소 직원들은 비명을 질렀다. 특별히 훈련받은 식자공마저 손을 내저었다. 우여곡절 끝에 나온 새 교정쇄를 받고도 그는 멈추지 않았다. "안 되겠어. 어제 쓴 것, 그제 쓴 것, 모두 마음에 들지 않아. 의미는 뚜렷하지 않고 문장은 혼란스럽고 문체는 잘못됐고 배치도 너무 어려워! 모든 걸 바꿔야 해. 더 뚜렷하게, 더 분명하게!"

교정지만 일곱 번 고친 일도 있었다. 추가 비용이 너무 많이 들어 출판사가 어려워하면 자기 호주머니를 털었다. 이런 식으로 원고료의 절반이나 전부를 다 날린 게 10여 차례나 된다. 한번은 어떤 신문이 끝없이 계속되는 그의 교정에 지쳐 마지막 수정본을 기다리지 않고 연재를 게재하자 '영원한 절교'를 선언하기도 했다. 인쇄기가 돌아가는 중에도 그의 문장 다듬기는 계속됐다. 이 때문에 출판사들은 초판본을 낸 지 얼마 지나지 않아 수정본을 잇달아 내야 했다.

'어제 쓴 건 모두 낡았다.'는 발자크의 지적은
우리 모두를 위한 것이기도 하다.

평소에도 그는 하루 16시간씩 원고지와 씨름했다. 이른 저녁을 먹고 오후 6시에 잤다가 밤 12시에 일어나 커피를 마시고 그때부터 낮 12시까지 쉬지 않고 일했다. 로댕은 라스파이유 거리의 발자크 동상을 잠옷 차림으로 조각했다. 하루 종일 틀어박혀 원고만 썼던 그를 기억하자는 의미에서였다.

헤밍웨이·톨스토이도 퇴고 달인

발자크가 잠을 쫓기 위해 마신 커피만 하루 50잔에 가까웠다고 한다. 국내 커피 광고에도 등장했지만, 그는 원고지를 잉크가 아니라 커피로 채운 사람이었다. 그렇게 전력투구한 결과 90편의 장편과 중편, 30편의 단편, 5편의 희곡 등 엄청난 작품을 남길 수 있었다.

파리 센강변 언덕배기 그의 집 거실에 낡은 책상이 놓여 있다. '연금술사가 자신의 금을 던져 넣듯이 내가 나의 삶을 용광로 속에 던져 넣은' 그 나무 책상이다. '비참한 생활을 나와 함께 했고 내 눈물을 닦아 줬고 내 모든 생각을 들어 줬으며 내 팔이 항상 그 위에 있었고 내가 글을 쓸 때 함께 명상했다.'던 그 책상 위에서 그는 밤새워 원고를 쓰고 또 고쳤다. 그를 '사실주의 문학의 아버지'라 부르고 그의 작품을 '근대 소설의 교과서'라고 하는 건 그냥 나온 말이 아니다.

어디 발자크뿐인가. 헤밍웨이도 《무기여 잘 있거라》를 39번 고쳐 썼다. 톨스토이는 《안나 카레니나》를 하도 많이 고쳐 초고 형태를 알 수 없을 정도였다. 위대한 작품들은 이처럼 끝없는 자기 혁신과 '창조적 파괴'를 거쳐 탄생했다. '어제 쓴 건 모두 낡았다.'는 발자크의 지적은 우리 모두를 위한 것이기도 하다. 이 글 또한 윤전기가 돌고 나면 이미 낡았겠지만.

퇴고(推敲) 글을 지을 때 여러 번 생각하여 고치고 다듬음.
가필(加筆) 글이나 그림 따위에 붓을 대어 보태거나 지워서 고침.
식자공(植字工) 활자를 원고대로 조판하는 사람.
전력투구(全力投球) 투수가 타자를 상대로 모든 힘을 기울여서 공을 던지듯, 모든 힘을 다 기울임.
초고(草稿) 초벌로 쓴 원고.

문을 밀까, 두드릴까

임병식

제정 러시아의 소설가 투르게네프, 미국의 소설가 헤밍웨이, 중국 송나라의 문인 구양수 등 여러 작가의 일화를 통해 고쳐쓰기의 중요성과 필요성을 이야기한 글입니다. 고쳐쓰기는 부끄러운 일이 아니며, 작품 출간 전에 고쳐쓰기를 충실히 해야 한다는 글쓴이의 반성이 울림을 주는 글입니다.

글을 쓰는 사람치고 작품을 퇴고하지 않는 사람은 드물 것이다. 그리고 '퇴고(推敲)'라는 말 또한 당나라 시인 가도가 '승퇴월하문(僧推月下門)'이라는 종장을 지어 놓고 '밀 퇴(推)'로 할 것인가 '두드릴 고(敲)'로 할 것인가 고민하던 중에 지나가던 경윤 한유가 '고(敲)'로 하는 게 좋겠다고 해서 생겨난 어휘라는 것을 모르는 문인도 없을 줄 안다.

대부분의 문인은 자신이 쓴 작품을 습관적으로 손본다. 글을 쓸 때는 이모저모 생각하다가 자칫 문맥을 놓치거나 어느 부분은 과장하고 어느 부분을 빠뜨리는 경우도 생겨서 퇴고하지 않으면 완성된 작품이 되지 못하기 때문이다. 퇴고를 하다 보면 무슨 어휘가 걸리든지 하다못해 오탈자 하나라도 발견되기 마련이다.

나의 경우도 마찬가지다. 글을 쓴 다음에는 반드시 퇴고의 수순을 밟는데 가장 먼저, 문맥이 잘 통하는지부터 살핀다. 그리고 더하거나 뺄 부분은 없는지, 오탈자는 없는지의 순으로 글을 살펴본다. 이런 작업을 서너 번 반복하는데, 때에 따라서는 열 번 가까이 손을 볼 때도 있다. 나는 이러한 퇴고 버릇이 너무 지나친 게 아닐까 생각했다. 그런데 어느 분의 퇴고 소감을 쓴 글을 읽으니 그에 비하면 나는 아무것도 아니었다. 그분은 한 작품을 발표하기 전에 무려 27회를 퇴고했으며, 그것도 미진하다 싶어 그 후로도 7회를 더하여 도합 34회나 글을 고쳐 썼다는 것이다.

나는 그의 작품을 읽으며 글을 신인 같지 않게 잘 쓴다고 느꼈는데 다 그만한 이유가 있었던 것이다. 이를 보면 신인이라고 하여 결코 가볍게 대할 일이 아닌 듯하다. 그런 퇴고의 자세를 보니 문득 경우는 다르지만 전에 들었던 어떤 이야기가 뇌리(腦裏)를 스쳤다.

이야기인즉슨, 어느 날 나이 많은 농부가 길을 가다가 모판에 볍씨를 뿌리고 있는 한 소년을 보았다. 그걸 보고 노인이,

"저 집은 올해 농사를 망치게 생겼군. 쯧쯧."

하며 혀를 찼다.

그러자 소년이 듣고는 대꾸했다.

"노인께서 말씀이 지나치십니다. 얼마나 씨앗을 많이 뿌려 보

끈질기게 다듬은 글은
어디가 달라도 다를 것이다.

았다고 그러십니까?"

이에 노인이,

"걱정이 돼서 혼자 했던 말이네. 내 칠십 평생을 살면서 오십 년 넘게 씨를 뿌려 왔지만 지금도 그 일이라면 자신이 없는데, 어린 사람이 오죽하겠는가?"

하자, 소년은 정색을 하고 하나의 제안을 했다.

"그럼 누가 씨앗을 잘 뿌리는지 내기를 해 볼까요?"

그리하여 두 사람은 마침내 씨뿌리기를 겨루게 되었다. 그런데 결과는 소년이 훨씬 나았다. 노인이 의아해하자,

"어른께서는 오십 년 동안을 씨를 뿌렸다고는 하나 기껏 오십 번 정도 뿌렸겠지요. 저는 맨땅에다 금을 그어 놓고 수백 번도 더 연습했습니다."라고 하는 게 아닌가.

노인은 그야말로 연중행사로 한 차례씩 볍씨 뿌리기를 했지만 소년은 그보다 연습을 많이 했던 것이다. 소년이 씨뿌리기를 실습한 것처럼 끈질기게 다듬은 글은 어디가 달라도 다를 것이다.

그래서 그랬을까. 의외로 퇴고에 대해 전해 오는 이야기가 많다. 러시아의 문장가 투르게네프는 글을 3개월 간격으로 퇴고했으며 헤밍웨이는 《노인과 바다》를 200번도 넘게 고쳤다는 것이다. 또한 중국의 문호 구양수와 〈적벽부〉를 쓴 소동파의 방에서는 폐지가 한 삼태기나 나왔다지 않은가. 대단한 자기 관리요, 엄격한 글쓰기가 아닐 수 없다.

그런 걸 생각하면 꼭 일필휘지(一筆揮之)를 부러워할 것도, 자주 퇴고하는 걸 부끄럽게 생각할 일도 아닌 것 같다. 나는 전에

문예지에 작품을 투고해 놓고 나서 여러 차례나 고치겠다고 한 적이 있어 부끄럽게 생각했는데, 폐를 끼친 일은 분명 반성할 일이나 그 퇴고 행위 자체는 크게 흠은 아니었지 싶다. 하지만 작품을 보내기 전에 좀 더 충실하게 퇴고하는 게 백번 좋았을 것이다.

경윤(京尹) 중국 당나라 때, 수도를 지키고 다스리던 관직.
미진하다(未盡--) 아직 다하지 못하다.
모판(-板) 씨를 뿌려 모를 키우기 위하여 만들어 놓은 곳.

맛있는 책, 일생의 보약

성석제

독서의 가치를 전하는 글입니다. 어린 시절 특별 활동반으로 도서반을 선택한 이후 고전을 접하게 된 글쓴이는, '몇백 년 전 글을 쓴 사람의 숨결이 글을 다리로 하여 건너와 느껴지는 경험'을 하게 됩니다. 이로써 글쓴이는 몸을 건강하게 해 주는 보약처럼, 책이야말로 인간 정신을 이롭게 하는 '보약'이라 생각하게 됩니다.

　　사방이 산으로 둘러싸인 곳에서 태어나 아침에 눈을 떠서 저녁에 감을 때까지 늘 산을 보아야 하는 곳에서 중학교 1학년까지를 보내고 2학년 봄, 서울의 남쪽 관악산이 올려다보이는 중학교로 전학을 했다. 담임 선생님은 미술 선생님이셨는데 특별 활동으로 산악반을 맡고 계시기도 했다. 매주 화요일 6교시, 일주일에 단 한 시간 활동하는 그 '특별'한 '활동'은 내 취향(趣向)과는 아무런 상관없이 시간 내내 산과 학교 사이를 뛰어 오가는 산악반으로 정해졌다.

　　3학년이 되면서 비로소 내가 좋아하는 특별 활동을 선택할 기회가 왔다. 나는 특별 활동 산악반의 경험에 비추어, 되도록 몸을 많이 움직이지 않는 특별 활동반을 점찍었는데 그게 바로 도서반이었다. 도서반 담당 선생님은 특별 활동의 첫날, 도서반이 할 일에 관해 아주 짧고 쉽게 설명해 주셨다.

"여러분 곁에는 책이 있다. 그 책 가운데 자기 마음에 드는 책을 골라서 읽고 수업이 끝나는 종소리가 울리면 가면 된다."

그리고 선생님 본인이 마음에 드는 책을 골라서 자리를 잡고 읽는 것으로 시범을 보여 주셨다. 나는 책을 고르러 가는 아이들의 뒤를 따라가서 한자로 제목이 씌어 있어서 아이들이 거의 손을 대지 않는 책 가운데 하나를 꺼내 들었다.

그 책은《한국 고전 문학 전집》같은 묵직한 제목 아래 편집된 수십 권의 시리즈 가운데 한 권이었다. 반드시 읽어야 한다는 것을 강조하는 고전 대부분이 그렇듯 책 표지는 사람의 손을 거의 거치지 않아서 깨끗했다. 지은이는 박지원, 내가 처음으로 펴 든 대목은 〈허생전〉이었다.

나이가 두 자리 숫자가 되면서 무협지에 빠지기 시작해서 전학 오기 전 국내에서 출간된 대부분의 무협지를 읽었다고 생각하고 있던 내게, 한문 문장을 번역한 예스러운 문체는 별 거부감이 없었다. 오히려 옆자리나 앞자리의 아이들이 읽고 있는 현대 소설이 가볍게 느껴질 정도였다. 내용 역시 익숙했다. 허생이라는 인물은 깊고 고요한 곳에 숨어 있으면서 실력을 쌓은 뒤에, 일단 세상에 나갈 일이 생기자 한바탕 멋지게 세상을 뒤흔들어 놓고서는 다시 제자리로 돌아온다. 무협지에서 흔히 볼 수

어떤 책을 계기로 인간의 지극한 정신문화,

그 높고 그윽한 세계에 닿고 그 일원이 되는 것은

겪어 보지 못한 사람은 알 수 없는 행복을 안겨 준다.

있는 방식이었다.

〈허생전〉 다음에는 〈호질〉, 〈양반전〉도 있었다. 책이 꽤 두 꺼웠으니 박지원의 저작 가운데 상당 부분이 책에 들어 있었을 것이다. 그런데 그 책 속에 있는 주인공들은 내가 읽었던 수천 권의 무협지의 주인공과는 달라도 많이 달랐다. 무협지를 읽고 나면 주인공 이름 말고는 기억에 남는 게 없는데 박지원 소설은 주인공이 다음에 어떻게 되었을지 궁금하게 하고 내가 주인공 이 되었더라면 어떻게 했을지 자꾸만 생각을 하게 만들었다.

한두 번 씹으면 단맛이 다 빠져 버리는 무협지와는 달리 읽을 수록 새로운 맛이 우러나왔다. 보석처럼 단단하고 품위 있는 문 장은 아름답기까지 했다. 책을 읽으면서 내 정신세계가 무슨 보 약을 먹은 듯이 한층 더 넓어지고 수준이 높아지는 듯한 느낌이 들었다. 일주일에 단 한 시간, 도서관에서 단 한 권의 책을 거듭 펴서 읽었을 뿐인데도.

중학교 3학년 1학기 특별 활동 시간에 나는 몇백 년 전 글을 쓴 사람의 숨결이 글을 다리로 하여 건너와 느껴지는 경험을 처 음 해 보았다. 무엇보다 중요한 것은 그것이 무척 재미있었다는 것이다. 읽으면 내 피와 살이 되는 고전, 맛있는 고전, 내가 재 미를 들인 최초의 고전(古典)이 우리의 조상이 쓴 것이라는 데에 서 나오는 뿌듯함까지 맛볼 수 있었다.

3학년 2학기가 되었을 때 특별 활동 시간은 없어졌다. 내가 1학기의 특별 활동 시간에 읽은 것은 박지원의 책이 전부였다. 하지만 내가 지금 소설을 쓰고 있는 것은 바로 그 책 때문이라고 생각한다. 특별하지 않은 특별 활동 시간에 읽은 아주 특별한 그 책이 내 일생을 바꾸었다.

누구에게나 그런 일이 일어날 수 있다. 모르고 지나갈 수도 있다. 어떤 책을 계기로 인간의 지극한 정신문화(精神文化), 그 높고 그윽한 세계에 닿고 그 일원(一員)이 되는 것은 겪어 보지 못한 사람은 알 수 없는 행복을 안겨 준다. 이 세상에 인간으로 나서 인간으로 살면서 인간다운 삶을 살고 드높은 가치를 추구하는 길을 책이 보여 준다. 책은 지구상에서 인간이라는 종만이 알고 있는, 진정한 인간으로 나아가는 통로이다. 그래서 사람들은 말하는지도 모른다. 책 속에 길이 있다고.

무협지(武俠誌) 무술이 뛰어나고 호방하며 의협심이 있는 사람의 이야기를 주로 다룬 책.
저작(著作) 예술이나 학문에 관한 책이나 작품 따위를 지음. 또는 그 책이나 작품.

읽으면 읽을수록 좋은 만병통치약

권용선

독서를 만병통치약(萬病通治藥)에 비유한 글입니다. 글쓴이는 책을 읽는 다양한 이유를 들고, 조선 후기의 학자인 이덕무가 말한 책 읽기의 유익함을 인용하고 있습니다. 글을 읽는 것이야말로 마음뿐만 아니라 몸이 아플 때도 도움이 된다는 글쓴이의 생각대로, 독서의 유익함을 돌아보게 하는 글입니다.

친구들, 고요한 마음으로 책을 읽다 보면 어느새 졸음이 밀려오거나 금세 지루해져서 몸이 비비 꼬이지? 특히 숙제로 독후감을 써야 할 때, 텔레비전을 보거나 게임을 하고 싶은데 엄마가 억지로 책을 읽으라고 말씀하실 때 더 힘들고 더 읽기가 싫지?

그래도 우리는 책을 읽어. 왜? 부모님이나 선생님이 시키니까 마지못해 읽기도 하고, 공부를 잘하기 위해서 읽기도 하며, 또 더 똑똑한 사람이 되기 위해서 읽기도 해. 물론 재미있으니까 읽는 친구들도 있을 거야.

또 어떤 까닭이 있을까? 책 속에는 우리가 궁금해하는 것들에 대한 대답이 들어 있으니까 읽기도 하지. 기분 전환을 위해서도 책을 읽고, 다른 사람의 생각을 알기 위해서도 책을 읽고, 교양을 쌓기 위해서도 책을 읽지. 이것들 말고도 세상에는 책을 읽어야 하는 까닭이 셀 수도 없이 많을걸!

그러고 보니 책 읽기를 만병통치약으로 여긴 사람이 있어. 조선 후기의 학자인 이덕무야. 이 사람은 소문난 책벌레였는데 언제 어디서나 추우나 더우나 기쁠 때나 슬플 때나 늘 책을 손에서 놓지 않았대. 이덕무가 말한 책 읽기의 유익함이 무엇인지 들어 볼까?

약간 배가 고플 때 책을 읽으면 그 소리가 훨씬 낭랑해져 글에 담긴 이치를 맛보느라 배고픈 줄도 모르게 되니 이것이 첫 번째 유익함이요, 조금 추울 때 책을 읽으면 그 기운이 그 소리를 따라 몸속에 스며들면서 온몸이 활짝 펴져 추위를 잊게 되니 이것이 두 번째 유익함이요, 근심과 번뇌(煩惱)가 있을 때 책을 읽으면 내 눈은 글자에 빠져들고 내 마음은 이치에 잠기게 되어 천만 가지 온갖 상념(想念)이 일시에 사라지니 이것이 세 번째 유익함이요, 기침을 할 때 책을 읽으면 기운이 통창해져 막히는 바가 없게 되어 기침 소리가 돌연 멎게 되니 이것이 네 번째 유익함이다.

어때, 놀랍지 않아? 배고프고 춥고 골치 아픈 일도 있고 게다가 감기까지 걸렸는데 책을 읽으면 다 낫는다니 말이야. 오직 책 책 책! 책에 이렇게 열중하다니 우리가 요즘 흔히 말하는 '마니아'와 비슷하네. 이덕무는 실제로 '책만 보는 바보'라는 뜻의

'간서치'라고 불리기도 했대.

사실, 이 사람의 상황을 알면 그 심정이 이해가 될 거야. 이덕무는 서자여서 아무리 학식이 뛰어나도 벼슬을 할 수가 없었어. 너무나 가난하여 식구들의 끼니를 걱정해야 했지만 자신이 할 수 있는 일은 별로 없었지. 아무리 서자라도 양반은 양반이니까 아무 일이나 할 수는 없었거든. 그러니 얼마나 답답했겠어. 그럴 때 위로가 되고 힘을 준 것이 바로 책과 그 책을 읽고 함께 이야기를 나눌 수 있는 벗들이었지.

지극히 슬픈 일이 닥치면 온 사방을 둘러보아도 막막하기만 해서 그저 한 뼘 땅이라도 있으면 뚫고 들어가 나오고 싶은 생각이 없어진다. 하지만 나는 다행히도 두 눈이 있어 글자를 배울 수 있었다. 그래서 나는 지극히 슬프더라도 한 권의 책을 들고 내 슬픈 마음을 위로하며 조용히 책을 읽는다. 그러다 보면 절망스러운 마음이 조금씩 안정된다. 내가 온갖 색깔을 볼 수 있는 눈을 가졌다 해도 만일 서책(書冊)을 읽지 못하는 까막눈이라면 장차 무슨 수로 내 마음을 다스릴 수 있을 것인가.

친구들은 아주 많이 슬프거나 화가 날 때, 혹은 걱정이 있을 때 어떻게 해? 어떤 영화의 주인공은 그럴 때 달리기를 하더라고. 심장이 터질 때까지 달리기를 하다 보면 어느새 마음이 가라앉는다는 거야. 또 어떤 사람은 그럴 때 노래를 부르기도 하더군. 큰 소리로 노래를 부르다 보면 어느 틈엔가 거북하고 불

재미있는 책을 읽을 때는 시간 가는 줄도 모르고,

걱정이나 근심도 잊고 그 책에 푹 빠지잖아.

편했던 마음이 조금씩 평온해지는 걸 느낀대.

이덕무는 달리기나 노래를 하는 대신에 책을 읽었던 거야. 우리도 평소에 좋아하는 책을 한두 권쯤 정해 두는 건 어떨까? 아주 재미있거나 감동적인 책으로 말이야. 그래서 아주 많이 슬프거나 화가 나거나 외로울 때 조금씩 읽어 보는 거야.

재미있는 책을 읽을 때는 시간 가는 줄도 모르고, 걱정이나 근심도 잊고 그 책에 푹 빠지잖아. 그러다 보면 정말 마음이 고요해지면서 다시 씩씩하게 생활할 수 있는 용기가 생겨날지도 모르니까. 그리고 또 혹시 알아? 글을 읽던 중 갑자기 그 근심거리를 해결할 수 있는 좋은 생각이 떠오를지!

그리고 꼭 그 순간에 책을 읽지 않더라도, 예전에 읽었던 책이 도움이 될 때도 있어. 책을 소리 내어 읽으면 그 소리를 내 몸이 기억한다고 했지? 속으로 읽거나 마음의 눈으로 읽은 것도 마찬가지야. 내 몸속 어딘가에 저장 혹은 기억되어 있다가 어느 날 문득 떠오르면서 우리를 흥분시킬 수도 있고, 삶을 잘 살아갈 수 있는 용기와 힘을 주기도 하는 거지.

이덕무는 마음이 불편할 때뿐만 아니라 몸이 아플 때도 글을 읽으면 도움이 된다고 했잖아. 특히 감기에 걸려서 기침을 할 때 소리를 내서 글을 읽다 보면 몸속에 기운이 잘 흐르게 되어서 기침이 멎게 된다는 거야. 친구들도 감기에 걸렸을 때 이 방법을 한번 활용해 봐. 정말 기침이 멎는지.

이렇게 보니까 글을 읽는 것은 정말 만병통치약인 것 같아. 글 속에 담긴 뜻을 이해하면서 지혜로워지고, 몰랐던 것들을 알게 되면서 지식을 쌓는 건 말할 것도 없고, 배고픔이나 추위도 잊을 수 있고, 걱정이나 근심을 해결하며 몸의 병도 낫게 한다니, 이보다 더 좋은 만병통치약이 어디 있겠어?

그런데 만약, 배고프거나 배부르지도 않고, 춥거나 덥지도 않고, 몸과 마음이 다 편안하다면 어떻게 하냐고? 어떻게 하긴 뭘 어떻게 해? 그럴 때야말로 책 읽기에 더없이 좋을 때니까 얼른 책을 들고 독서삼매에 빠져야지!

책벌레(冊--) 지나치게 책을 읽거나 공부하는 데만 열중하는 사람을 놀림조로 이르는 말.
통창하다(通敞--) 시원스럽게 넓고 환하다.
독서삼매(讀書三昧) 다른 생각은 전혀 아니 하고 오직 책 읽기에만 골몰하는 경지.

《토지》는 히까닥하지 않았다

박웅현

독서의 가치를 전하는 글입니다. 광고계에 몸담고 있는 글쓴이는 책 읽기가 자신의 기초 체력이 된다고 말합니다. 나아가, 독서를 통해 아이디어를 얻기 위한 정보를 습득할 수 있고 정서적 감동에서 오는 정체성 형성의 효과도 얻을 수 있다고 말합니다.

"히까닥한 아이디어 좀 없나?" 이 말은 십수 년 동안 나에게 고문이었다. 왜 광고를 해야 하는지, 이번 광고가 풀어야 할 문제는 무엇인지, 메시지는 무엇이 되어야 하는지, 타깃은 누구인지 같은 문제들은 이 정체불명의 말 앞에서 무력한 존재였다. 때로는 선배가, 때로는 광고주가, 또 가끔은 동료나 후배가 던지는 이 말에 내가 할 수 있는 대응은 그저 내가 지을 수 있는 가장 멍청한 표정으로 웃어 주는 일뿐이었다.

아직도 '히까닥'을 모르는 분들은 분명 광고인이 아니거나 억세게 운이 좋은 광고인일 텐데, 그 뜻을 나름대로 정리해 보자.

대강 '튀는', '앞뒤 문맥에 상관없이 재미있는' 정도의 뜻이 될 것이다.

노골적으로 말해서 나는 광고의 본질을 '히까닥한 아이디어 찾기'로 보는 사람을 좋아하지 않는다. 그들은 필시 광고를 말초적인 말장난 만들기나 눈에 띄는 그림 찾기 정도로 생각하는 사람들이다. 그들에게 광고는 '끼 있는' 사람들이 모여서 '튀는' 아이디어를 찾는 과정이다. 만약 그들의 생각이 옳다면 나는 광고를 잘하기 위해 튀는 책을 읽어야 할 것이다. '히까닥'한 아이디어의 교본이라 할 수 있는 텔레비전의 개그 프로그램도 놓치지 말아야 할 것이다. 불행하게도 나는 그런 일에 매우 서툴다. 따라서, 만약 그들의 생각이 옳다면 나는 당장 내가 잘할 수 있는 다른 일을 찾아야 할 것이다.

얼마 전 나는 '히까닥'과는 은하계 건너편에 있을 만큼 거리가 먼 책을 하나 읽었다. 말이 하나지 무려 스물한 권짜리 대하소설, 박경리의 《토지》가 바로 그 책이다. 벼르고 벼르다 지난해 가을에 시작, 올 초에 끝을 낸 것이다. '끼 있고 튀는' 말장난 하나 없고, 엽기적인 에피소드 하나 없는 책, 평소 좋은 구절이 나오면 줄 치기를 잊지 않는 나 같은 독자 입장에서 그 긴 책을 읽는 동안 줄 칠 일이 별로 없었던 어찌 보면 밍밍한 이야기책. 그럼에도 내가 믿어 의심치 않는 것은 책 읽기가 광고라는 일을 하고 있는 나의 기초 체력이 되리라는 사실이다.

광고는 시대 읽기다. 지금 우리가 살고 있는 이 시대의 시대정신이 무엇인지를 파악하는 일은 껌 광고에서부터 기업 광고

광고라는 전혀 '히까닥'하지 않은 그 일을 잘하기 위해,
나는 지난 넉 달간, 한 첩의 보약을 먹듯 《토지》를 읽었다.

에 이르기까지 모든 영역의 광고에 필수적이다. 시대정신을 제대로 읽지 못하는 광고는 공감대가 없고, 공감대가 없는 광고는 존재 이유가 없다.

광고는 또한 사람 읽기다. 갓난아이부터 파파 할머니까지 모든 사람들의 바람과 현실, 희망과 절망을 가능한 한 많이 알아야 한다. 그래야 그들과 진솔한 대화를 할 수 있고 진솔한 대화가 있어야 그들의 마음은 열린다. 광고는 궁극적으로 사람들의 마음을 열기 위한 노력의 결과이다. 그래서 우리는 타깃 분석에 그렇게 많은 시간과 땀을 투자하는 것이다. 사람이야말로 아는 만큼 보이고 그때 보이는 것이 전과 같지 않은 존재다.

사회와 시대, 그리고 사람들의 심리와 행동을 읽어 내기 위한 매우 고단하고도 진지한 작업, 광고라는 전혀 '히까닥'하지 않은 그일을 잘하기 위해, 나는 지난 넉 달간, 한 첩의 보약을 먹듯《토지》를 읽었다.

무력하다(無力--) 힘이 없다.
노골적(露骨的) 숨김없이 모두를 있는 그대로 드러내는 것.
말초적(末梢的) 정신이나 영혼에 영향을 주지 못하고 말초 신경만을 자극하는 것.
파파(皤皤) 머리털이 하얗게 센 모양. 또는 그런 머리털.

책과 여우 이야기

장회익

독서를 통해 인생의 깨달음을 얻을 수 있다는 내용의 글입니다. 어릴 적 외삼촌은 '책과 여우 이야기'를 통해 책 속에 길이 있고, 책을 끝까지 읽는 과정에서 그 도를 깨우칠 수 있다고 말해 주었습니다. 그래서 글쓴이는, 이야기에 등장하는 동굴 속 소년이 되어 끊임없이 책의 마지막 장에 이르고자 독서에 힘쓰고 있습니다.

내가 자랄 무렵에는 어린아이들이 누릴 수 있는 가장 큰 즐거움이 어른들에게 옛날이야기를 듣는 것이었다. 텔레비전도 라디오도 없던 그 시절, 아직 책 읽을 나이도 되지 않은 아이들이 이것밖에 또 무엇으로 막 피어오르는 지적 호기심을 달랠 수 있었겠는가? 고향에서라면 수많은 친구들에 둘러싸여 뛰놀았겠지만, 멀리 만주에서 살았기에 어쩌다가 옆집 친구 아이 만나는 것이 고작이었다. 만난다고 해 보아야 서로 할 수 있는 이야기가 뻔했다.

이럴 때 우리 집에 가끔 들르는 둘째 외삼촌이 그렇게 반가울 수가 없었다. 나도 그분을 좋아했지만, 그분도 나와 어머니를 좋아해서 그랬는지 우리 집에 자주 드나들었다. 위로 아무 형제도 없고 또 고향을 떠나 작은 도시에서 외톨이로 자라던 나에게는 사람들이 찾아오는 것은 무조건 대환영이었다. 더구나 이 아저씨는 나이도 젊어 만만한 데다가 이런저런 재주가 많아 그림도 잘 그렸고, 내가 모르는 것도 많이 알아 적어도 내게는 지식의 보물 창고 정도로 비쳤다. 당연히 나는 아저씨에게 옛날이야기를 해 달라고 졸라 댔다. 그런데 이분은 태어날 때 이야기보따리는 따로 두고 나왔는지 좀처럼 옛날이야기를 해 주려 하지 않았다. 그러던 어느 날, 드디어 얘기해 주겠다는 약속을 받아 냈다.

"옛날에, 옛날에, 아주 오래된 옛날에, 너만 한 아이가 하나 살았지."

나는 벌써 속으로 '이!' 하고 실망의 소리를 내뿜고 있었다. 어른들은 으레 할 이야기가 마땅치 않으면 나를 빗대어 이야기를 꾸며 내곤 했기 때문이다.

"에이, 그런 거 말고 진짜 얘기 해 줘요."

"이거 진짜 얘기야, 잘 들어봐. 이 아이가 누구하고 단짝이었는지 알아?"

"누구하고?"

"여우하고 단짝이었단 말이야, 여우하고."

"어! 여우하고?"

내 호기심이 갑자기 곤두섰다.

"그런데 말이야, 어느 날 이 여우하고 놀면서 산속으로 깊이 깊이 들어갔지. 가다가 그만 길을 잃어버려 한참을 헤매고 있는데, 저쪽에서 하얀 도복을 입고 긴 지팡이를 짚은 도사 한 분이 나타난 거야."

'흥미 만점, 이야기는 그래야 해.'

나는 속으로 쾌재를 불렀다.

"그런데 이 도사가 책을 한 권 주는 거야. 그러면서 '이 책만 다 읽으면 도에 통달하게 된다.'고 하는 거야."

"도? 도가 뭐예요?"

"아하, 너 도가 뭔지 모르는구나. 도에 통달하게 되면 세상에 모르는 것이 없고, 세상에 못 하는 것도 없지."

"우와!"

"그런데 조건이 하나 있다는 거야."

"뭔데요?"

"이 책은 아무 데서나 읽는 것이 아니라 반드시 저 동굴에 들어가 읽어야 한다고 하면서 손가락으로 저쪽을 가리키더란 말이야. 그래서 보니까 정말 시커먼 동굴이 하나 뚫려 있는 거야. 그리고 하는 말이, 만일 저 안에 들어가 이 책을 다 읽지 못하고 나오면 읽은 것이 무효가 된다는 거야. 그러니까 마지막 장까지, 마지막 글자까지 몽땅 다 읽고 나와야 한다는 거야."

이야기가 점점 더 흥미를 돋우어 갔다. 무엇보다도 내가 그때까지 들었던 매우 흔한 이야기가 아니라 진짜로 새 이야기였다.

나는 지금도

그 책의 마지막 장에 이르지 못하고 있음을 알고 있다.

나는 다그쳤다.

"그래서 어떻게 됐어요?"

"너라면 어떻게 했겠니?"

"받아 읽지요."

"맞아! 이 아이도 고맙다고 책을 받았지. 그러고는 굴에 들어가 읽기 시작했어. 몇 날을 두고 읽는데 여우가 밖에 와서 자꾸 나와서 놀자는 거야. 처음에는 물론 꿈쩍도 안 했지. 계속 읽고 있는데, 여우가 자꾸 와서 나오라, 나오라 하면서 조르고 또 조르고 하는 거야. 그래도 참고 읽고 있는데, 점점 나가 놀고 싶어서 못 견디겠는 거야. 그래도 꾹 참고 읽어서 이제 마지막 한 장이 딱 남았어. 그런데 밖에서 여우가 어찌나 불러 대는지 이제는 정말 더 참지 못하겠는 거야."

"그래서요?"

"그래서 그만 책을 던져 놓고 나와 버렸지."

"아이고 저런!"

나는 여간 섭섭하지 않았다. 도저히 여기까지 듣고 그냥 물러설 수는 없었다. 나는 다시 공세를 폈다.

"그 아이가 책을 마저 다 읽고 나왔으면 어떻게 됐을까요?"

"그랬으면 세상이 달라졌지. 세상에 어려운 일도 없고, 배고픈 것도 없고……."

"나쁜 사람도 없고?"

"그렇지, 나쁜 사람도 없고."

아, 이 얼마나 원통한 일인가! 나라도 이야기 속에 뛰어들어가 책을 대신 다 읽어 버리고 싶었다. 내가 그 소년이었더라면, 그 책을 다 읽었을 거고, 그래서 도에 통달할 수 있었을 텐데.

나는 물론 그때 '도'가 무엇을 의미하는지 잘 알 수 없었다. 막연히 그저 좋은 일이면 무엇이든지 다 할 수 있는 신비로운 그 어떤 능력이라 상상했다. 만일 그러한 능력을 갖춘다면 이 세상의 '나쁜' 사람들을 모두 쳐부수고 아주 좋은 세상을 만들어 낼 수 있었을 텐데. 정말 안타까운 일이 아닐 수 없었다.

이 이야기는 그 이후 지금까지도 내 뇌리에서 떠나는 일이 없었다. 이 이야기를 듣고 난 이후 나는 때때로 내가 바로 그 소년이라는 생각에 사로잡히곤 했다. 내가 지금 그 소년이 되어 도사에게 받은 그 책을 읽고 있다는 착각에 빠지는 것이다.

나는 지금도 그 책의 마지막 장에 이르지 못하고 있음을 알고 있다. 정말 동굴 밖에서는 낯익은 친구들이 이제 제발 그 부질없는 책에 더는 매달리지 말고 뛰쳐나오라고 소리를 지르는 것 같기도 하다. 그러나 나는 좀처럼 벗어날 수가 없다. 자꾸 그 이야기의 소년이 머리에 떠오르기 때문이다.

통달하다(通達--) 사물의 이치나 지식, 기술 따위를 훤히 알거나 아주 능란하게 하다.
공세(攻勢) 공격하는 태세. 또는 그런 세력.

책이 놓는 다리

조지훈

읽기의 가치와 중요성에 대해 이야기하고, 그 읽기를 생활화하는 태도를 지녀
야 한다는 내용을 담고 있는 글입니다. 글쓴이는 '책이 놓는 다리'야말로 가장
오래갈 수 있는 다리라 얘기합니다. 그리고 남의 경험을 제 경험으로 삼을 수
있고 우리에게 넓은 상식과 깊은 지식과 높은 교양을 주는 책 읽기를 생활화
하기 위해, 독서 내용을 정리하는 습관을 제안하고 있습니다.

책이란 무엇인가

인류가 이렇게 찬란한 문명을 이룩하게 된 그 바탕이 되는 힘
이 무엇인지 생각해 본 적이 있는가? 인류가 저 자신도 땅 위에
사는 하나의 동물이면서 다른 동물은 물론 이 세상에 있는 모든
것을 제 뜻대로 부리고 또 이용하게 된 것은 무엇 때문인지 아
는가? 그것은 실로 아득한 옛날, 사람이 처음 태어날 때부터 지
녀 온 이성, 다시 말하면 정신의 작용에서 비롯된 것이라 한다.

사람에게 만일 이성이란 것이 없었다면 오늘 같은 눈부신 문
명을 만들기는커녕 다른 동물과 아무것도 다를 바 없는 삶을 계

속하고 있었을 것이다. 혹은 산과 들을 외로이 방황하다가 자연의 힘이라든지 더 힘센 동물 때문에 지쳐서 씨가 없어졌을지도 모르는 것이다.

사람을 다른 동물과 구별 짓게 하는 이 정신의 작용은 인류의 생활을 힘차게 발전시키는 두 가지 가장 요긴(要緊)한 방법을 가지고 있다. 두 발만 가지고 꼿꼿이 설 수 있고 걸을 수 있기 때문에 손을 마음대로 사용할 수 있다는 것이 그 하나요, 허파에서 나오는 소리를 목구멍과 입안에서 여러 가지 소리로 조절하여 독특한 뜻을 나타내는 말을 할 줄 안다는 것이 다른 하나다. 손이 있기 때문에 손이 못 하는 일을 대신하는 연장을 만들었고 손이 있기 때문에 무엇을 서로 비비고 부딪게 하여서 불을 일으킬 수가 있었던 것이다.

오늘의 찬란한 기계 문명도 알고 보면 그 바탕은 연장과 불을 만들 줄 아는 데서 비롯된 것이다. 그러나 아무리 손이 있더라도 말을 할 줄 모른다면 사람은 제가 체험하고 제가 만드는 일을 남에게 가르칠 수가 없었을 것이다. 말을 가졌기 때문에 사람은 말을 하고 들음으로써 남의 경험을 그대로 제 경험으로 삼을 수가 있다는 말이다.

그렇지만 말은 그때 그 자리에 있는 사람이 아니면 듣지 못한다. 또 사람의 기억은 들은 말을 완전하게 받아서 오랫동안 지니고 있지 못한다. 말의 이 같은 모자라는 점을 보충하기 위해서 사람은 글자라는 것을 발명하여 말을 기록하기 시작했던 것이다. 말을 그림과 글자로 기록함으로써 말의 뜻은 더 먼 곳 사람에게도 전해지고 훨씬 뒤에 오는 사람에게도 알려질 수가 있

사람들은 항상 먼저 간 사람이 도달한 곳에서부터 자기의 공부를
시작할 수가 있는 것이다. 옛사람이 쌓아 놓은 탑 위에
새 사람이 탑 한 층을 더 쌓는 셈이다.

게 되었다. 말을 글자로 기록한 것이 글이요, 글을 손으로 쓰거나 인쇄한 것이 책인 줄은 말하지 않아도 알 것이다.

책이 놓은 다리

말과 글이 사람의 정신과 정신이 오고 가는 다리이듯이 책이 또한 그렇다. 그러나 책이 놓은 다리는 말과 글보다 더 넓게 퍼지고 가장 오래갈 수 있는 다리가 된다. 만일 책이 없었다면 어떻게 되었을까? 책이 없었다면 사람들은 옛날 사람이나 멀리 있는 사람이 체험하고 발명한 것을 까맣게 모르고 밤낮 남이 이미 지나간 뒤를 밟아서 조금씩 나아가다가 죽고 말 것이 아닌가? 또 그 조금 얻은 지식조차 그 사람 당대에만 끝나고 마는 까닭에 인류 문화는 도저히 오늘과 같이 높은 곳에까지는 이르지 못했을 것이다.

다시 말하면 사람들은 책을 통해서 남의 경험을 제 경험으로 삼을 수가 있다는 것이다. 그래서 사람들은 항상 먼저 간 사람이 도달한 곳에서부터 자기의 공부를 시작할 수가 있는 것이다.

옛사람이 쌓아 놓은 탑 위에 새 사람이 탑 한 층을 더 쌓는 셈이요, 옛사람이 들고 온 횃불을 새 사람이 받아 들고 뛰는 격이란 말이다. 인류의 역사는 이러한 방법으로 이루어졌기 때문에 오늘 같은 찬란한 위치에 도달한 것이다.

책을 통하여 우리는 인류 문화 6,000년의 정화를 지니고 있다. 책이 있기 때문에 우리는 인류가 쌓아 올린 지난날의 모든 재보를 우리가 사는 동안에 이어받아서 누릴 수가 있는 것이다.

책을 읽음으로써 우리는 공자나 석가, 그리고 그리스도가 가르침을 베푸는 자리에 참석할 수 있다. 또한 을지문덕과 이순신 같은 민족적 영웅을 만날 수 있으며 호머와 단테, 셰익스피어의 글을 읽을 수 있고 북극이나 바닷속 같은 곳에도 가 볼 수 있는 것이다. 모든 철학, 모든 문학, 모든 과학이 책으로써 보존되고 책으로써 전달되기 때문이다.

이 세상에서 일체(一切)의 서적을 없애 버린다면 전지전능한 신도 입을 다물 수밖에 없고 정의는 잠들 것이다. 그리고 과학은 막힐 것이며 철학은 눈이 멀고 문학은 벙어리가 되고 정치는 절름발이가 되지 않을 수 없을 것이다.

책은 우리에게 넓은 상식을 준다. 그것을 즐기는 것이 우리의 취미다. 책은 또 우리에게 깊은 지식을 준다. 그것을 파고드는 것이 우리의 연구다. 그리고 책은 우리에게 높은 교양을 베푼다. 그것을 닦아 가는 것이 수양이 된다. 넓은 생각, 깊은 지식, 높은 교양, 이와 같은 사람이 사람 된 구실을 가르치고 일깨우고 만들어 주는 것이 책의 가치이다.

책은 어떻게 읽을 것인가

책은 먼저 많이 읽는 것으로 첫 태도를 삼는다. 많이 읽어야 공부의 바탕이 넓어질 것이 아닌가? 다음으로 정밀하게 읽는 것이 독서의 가장 바른 방법이다. 많이 읽는다 하여 아무런 책이나 마구 읽어서는 안 된다. 이것을 남독(濫讀)이라 하는데, 이는 머리를 뒤죽박죽으로 만들어 피로와 혼란을 줄 뿐 아니라 시

책을 읽거든 중요한 대문을 뽑아서
정리해 두는 습관을 길러야 한다.

간을 낭비하게 되는 단점을 갖고 있다. 책이라고 해서 다 유익하고 훌륭한 것은 아니요, 부질없고 방해되는 책도 이 세상에는 적지 않다. 그러므로 독서를 할 때에는 무엇보다도 좋은 책을 골라서 읽는다는 생각을 가져야 할 것이다.

좋은 책이란 무엇인가? 요령 있게 쓰이고 감동 깊게 쓰인 것, 풍부한 내용, 고귀한 사상을 지닌 책을 가리켜 좋은 책이라고 한다. 그러면 읽기 전에 이런 좋은 책을 어떻게 알 수 있는가? 이 물음에 대답하는 말은 지극히 간단하다. 예로부터 이름 있는 책, 훌륭한 문인 학자들이 추장하는 책, 학문의 바탕이 되는 책, 인생 체험에 많은 가르침을 주는 책, 이런 책들이 양서(良書)이다.

공부하는 도중의 독서는 흥미만을 표준 삼지 마라. 유행하는 책만을 탐내지 마라. 제 실력, 제 정도에 넘치는 책을 함부로 읽지 마라. 멋모르고 주워 읽은 책은 그 책의 가치를 모를 뿐 아니라 뒷날 다시 읽으려 하면 한 번 읽은 것이라 하여 다시 펴기가 싫어지기 쉬운 것이다. 어린 날의 독서 태도는 먼저 이 세 가지를 명심하여야 한다.

책을 읽거든 중요한 대문(大文)을 뽑아서 정리해 두는 습관을 길러야 한다. 뒷날 그 책을 참고할 일이 있을 때 수고를 덜어 줄 것이다. 누구의 무슨 책 몇 쪽에 있다는 것을 밝혀 두면 더욱 좋다. 그리고 책을 읽은 뒤의 느낌을 요약해서 적어 두도록 하라. 책 속에 들어 있는 사상을 이해하고 비판하는 공부에 도움이 되는 까닭이다. 또한 책을 읽는 동안에 모르는 말이 나오거든 뒤로 미루지 말고 그 자리에서 사전을 찾는 습관을 기르라. 책에서 얻은 지식을 활용하고 체험하는 노력을 가지는 것이 또한 좋다. 무엇보다 책을 소중히 할 줄 알아야 한다. 이는 그 책을 애써 쓴 사람에 대한 예의요, 공부에 대한 엄숙한 마음을 길러 준다. 책장이 떨어지면 그 자리에서 곧 붙일 것이요, 책가위를 종이로 싸서 두는 것도 이러한 마음의 표현이 아니겠는가?

정화(精華/菁華) 정수가 될 만한 뛰어난 부분.
재보(財寶) 보배롭고 귀중한 재물.
추장하다(推獎--) 추천하여 장려하다.
책가위(冊--) 책의 겉장이 상하지 않게 종이, 비닐, 헝겊 따위로 덧씌운 물건.

잊지 못할 윤동주의 일들

정병욱

윤동주의 학교 후배인 정병욱 교수가 연희전문학교를 다녔을 당시 윤동주와
함께하며 느꼈던 그의 인품과 시 창작 과정 등에 대해 쓴 글입니다. 시인 윤동
주에 대해 주관적이고 정서적으로 접근하고 있습니다.

윤동주가 세상을 떠난 지 어느덧 30여 년의 세월이 흘렀다. 그가
즐겨 거닐던 서강 일대에는 고층 건물이 즐비하게 들어서고, 창냇
벌을 꿰뚫고 흐르던 창내가 자취를 감추어 버릴 만큼, 오늘날 신촌
은 그 모습이 완전히 달라졌다. 달 밝은 밤이면 으레 나섰던 그의
산책길에 풀벌레 소리가 멈춘 지 오래고, 그가 사색의 보금자리로
삼았던 외인 묘지는 계절 감각을 상실한 지 오래다. 그가 묵고 있
던 하숙집 아주머니는 어쩌면 이 세상을 하직하고 말았을지도 모
르겠다. 이렇듯 세월은 모든 것을 바꾸어 놓고 마는 것이지만, 동
주에 대한 나의 추억은 조금도 퇴색하지 않고 생생하게 살아 있다.

내가 동주를 처음 만난 것은 1940년, 연희전문학교 기숙사에서였다. 오뚝하게 솟은 콧날, 부리부리한 눈망울, 한일자로 굳게 다문 입, 그는 한마디로 미남이었다. 투명한 살결, 날씬한 몸매, 단정한 옷매무새, 이렇듯 그는 멋쟁이였다. 그렇지만 그는 꾸며서 이루어지는 멋쟁이가 아니었다. 그는 천성에서 우러나는 멋을 지니고 있었다. 모자를 비스듬히 쓰는 일도 없었고, 교복의 단추를 기울어지게 다는 일도 없었다. 양복 바지의 무릎이 앞으로 튀어나오는 일도 없었고, 신발은 언제나 깨끗했다. 이처럼 그는 깔끔하고 결백했다. 거기에다, 그는 바람이 불어도, 눈비가 휘갈겨도 요동(搖動)하지 않는 태산처럼 믿음직하고 씩씩한 기상을 지니고 있었다.

그는 연희전문학교 문과에서 나보다 두 학년 위인 상급생이었고, 나이는 나보다 다섯 살 위였다. 그는 나를 아우처럼 귀여워해 주었고, 나는 그를 형처럼 따랐다. 신입생인 나는 모든 생활의 대중을 그로 말미암아 잡아 갔고, 촌뜨기의 때도 그로 말미암아 벗을 수 있었다. 책방에 가서도 그에게 물어보고 나서야 책을 샀고, 시골 동생들의 선물도 그가 골라 주는 것을 사서 보냈다. 오늘날, 나에게 문학을 이해하고, 민족을 사랑하고, 인생의 참뜻을 아는 어떤 면이 있다고 하면, 그것은 오로지 그가 심어 준 씨앗의 결실임을 나는 굳게 믿고 있다. 그러기에 이 글을 쓰는 순간에도 그가 내 곁에서 나를 지켜보고 있는 것 같은 느낌이 든다.

그는 달이 밝으면 곧잘 내 방문을 두드려서 침대 위에 웅크리고 있는 나를 이끌어 내어, 연희의 숲을 누비고, 서강의 뜰을 꿰뚫는 두어 시간의 산책을 즐기고 돌아오곤 했다. 그 시간 동안 그는 입을 여는 일이 별로 없었기 때문에, 무슨 생각을 했었는지는 지금도 수수께끼이다. 가끔은 "정 형, 아까 읽던 책 재미있어요?" 하는 정도의 질문을 했는데, 그것에 대해 내가 무슨 대답을 했는지는 뚜렷이 생각나지 않지만, 그는 "그 책은 그저 그렇게 읽는 겁니다."라고 하기도 했고, 어떤 때에는 "그 책은 대강 읽어서는 안 돼요. 무척 고심하면서 읽어도 이해하기가 어려운 책입니다."라고 일러 주기도 했다. 그만큼 그는 독서의 범위가 넓었다.

문학, 역사, 철학, 이런 책들을 그는 그야말로 종이 뒤가 뚫어지도록 정독을 했다. 이럴 때, 입을 꾹 다문 그의 눈에서는 불덩이가 튀는 듯했다. 어떤 때에는 눈을 감고 한참 동안 새김질을 하고 나서 다음 구절로 넘어가기도 하고, 어떤 때에는 공책에 메모를 하기도 했다. 그러나 그는 읽는 책에 좀처럼 줄을 치는 일은 없었던 것으로 기억된다. 그만큼 그는 결벽성이 있었다.

태평양 전쟁이 벌어지자, 일본의 혹독한 식량 정책이 더욱 악랄해졌다. 기숙사의 식탁은 날이 갈수록 조잡해졌다. 학생들이 맹렬히 항의를 해 보았으나, 일본 당국의 감시가 워낙 철저하기 때문에 어쩔 수 없다고 했다. 1941년, 동주가 4학년으로, 내가 2학년으로 진급하던 해 봄에, 우리는 하는 수 없이 기숙사를 떠나기로 했다. 마침, 나의 한 반 친구의 알선이 있어서, 조용하고 조촐한 하숙집을 쉽게 얻을 수 있었다. 우리는 그곳에서 매우 즐겁고 유쾌한 하숙 생활을 누릴 수 있었다. 그러나 우리는 하숙집 사정으로 한 달 후에 그 집을 떠나야만 했다.

그해 5월 그믐께, 다른 하숙집을 알아보기 위해, 아쉬움이 가득 찬 마음으로 누상동 하숙집을 나섰다. 옥인동으로 내려오는 길에서 우연히, 전신주에 붙어 있는 하숙집 광고 쪽지를 보았다. 그것을 보고 찾아간 집은 문패에 '김송(金松)'이라고 적혀 있었다. 설마 하고 문을 두드려 보았더니, 과연 나타난 주인은 바로 소설가 김송, 그분이었다.

우리는 김송 씨의 식구로 끼어들어 새로운 하숙 생활을 시작하게 되었다. 저녁 식사가 끝나면 우리는 대청에서 차를 마시며 음악을 즐기고, 문학을 담론하기도 했으며, 때로는 성악가인 그의 부인의 아름다운 노랫소리를 듣기도 했다. 그만큼 우리의 생활은 알차고 보람이 있었다.

동주의 시집 제1부에 실린 많은 작품들이 그해 5월과 6월 사이에 쓰인 이유가 바로 여기에 있다고 하겠다. 비록 쓸모는 없었지만, 마음을 주고받는 글벗이 곁에 있었고, 암울한 세태 속에서도 환대해 주는 주인 내외분이 있었기에, 즐거운 가운데서 마음껏 시를 쓸 수 있었으리라.

동주의 주변에도 내 주변에도, 별반 술꾼이 없었기 때문에, 그가 술자리에 어울리는 일은 별로 없었다. 가끔 영화관에 들렀다가 저녁때가 늦으면 중국집에서 외식을 했는데, 그때 더러는 술을 청하는 일이 있었다. 주기(酒氣)가 올라도 그의 언동에는 그리 두드러진 변화가 없었다. 평소보다 약간 말이 많은 정도였다. 그러나 비록

저녁 식사가 끝나면 우리는 대청에서

차를 마시며 음악을 즐기고, 문학을 담론하기도 했으며,

때로는 성악가인 그의 부인의 아름다운 노랫소리를 듣기도 했다.

취중이라도 화제가 바뀌는 일은 없었다. 그의 성격 중에서 본받을 점이 많이 있지만, 그중에서도 가장 본받아야 할 것의 하나는 결코 남을 헐뜯는 말을 입 밖에 내지 않는다는 점이다. 술이 들어가면 사람들의 입에서는 으레 남에 대한 비판이나 공격이 오르내리게 마련이지만, 그가 남을 헐뜯는 말을 나는 들어 본 기억이 없다.

1941년 9월, 우리의 알차고 즐거운 생활에 난데없는 횡액이 닥쳐왔다. 당시에 김송 씨가 요시찰 인물이었던 데다가 집에 묵고 있는 학생들이 연희전문학교 학생들이었기 때문에, 우리를 감시하는 일제의 눈초리는 날이 갈수록 날카로워졌다. 일본 고등계 형사가 무시로 찾아와 우리 방 서가에 꽂혀 있는 책 이름을 적어 가기도 하고, 고리짝을 뒤져서 편지를 빼앗아 가기도 하면서 우리를 괴롭혔다. 우리는 다시 하숙을 옮기지 않을 수 없었다. 그때 마침, 졸업반이었던 동주는 생활이 무척 바쁘게 돌아가고 있는 형편이었다. 진학에 대한 고민, 시국에 대한 불안, 가정에 대한 걱정, 이런 가운데 하숙집을 또 옮겨야 하는 일이 겹치면서 동주는 무척 괴로워하는 눈치였다. 이런 절박한 상황 속에서도 그는, 그의 대표작으로 널리 알려진 중요한 작품들을 썼다. 〈또 다른 고향〉, 〈별 헤는 밤〉, 〈서시〉 등은 이 무렵에 쓴 시들이다.

동주는 시를 함부로 써서 원고지 위에서 고치는 일이 별로 없었다. 즉, 한 편의 시가 이루어지기까지는 몇 주일, 몇 달 동안을 마음 속에서 고민하다가, 한 번 종이 위에 옮기면 그것으로 완성되는 것이었다. 그의 시집을 보면, 1941년 5월 31일 하루에 〈또 태초의 아침〉, 〈십자가〉, 〈눈 감고 간다〉 등 세 편을 썼고, 6월 2일에는 〈바람이 불어〉를 썼는데, 동주와 같은 과작의 시인이 하루에 세 편의 시를 쏟아 놓고, 이틀 뒤에 또 한 편을 썼다는 사실은 믿어지지 않는 일이다. 그것은 머릿속에서 완성된 시를 다만 원고지에 옮겨 적은 날이라고 생각할 때에야 비로소 수긍이 가는 일이다. 그는 이처럼 마음속에서 시를 다듬었기 때문에, 한마디의 시어 때문에도 몇 달을 고민하기도 했다. 유명한 〈또 다른 고향〉에서

어둠 속에 곱게 풍화 작용하는
백골을 들여다보며
눈물짓는 것이 내가 우는 것이냐

라는 구절에서 '풍화 작용'이란 말을 놓고, 그것이 시어답지 못하다고 매우 불만스러워한 적이 있었다. 그러나 고칠 수 있는 적당한 말을 찾지 못해 그대로 두었지만, 끝내 만족해하지를 않았다.
　그렇다고 자기의 작품을 지나치게 고집하거나 집착하지도 않았다. 〈별 헤는 밤〉에서 그는

딴은 밤을 새워 우는 벌레는
부끄러운 이름을 슬퍼하는 까닭입니다.

로 첫 원고를 끝내고 나에게 보여 주었다. 나는 그에게 넌지시 "어쩐지 끝이 좀 허(虛)한 느낌이 드네요." 하고 느낀 바를 말했었다. 그 후, 현재의 시집 제1부에 해당하는 부분의 원고를 정리하여

〈서시〉까지 붙여 나에게 한 부를 주면서 "지난번 정 형이 〈별 헤는 밤〉의 끝부분이 허하다고 하셨지요. 이렇게 끝에다가 덧붙여 보았습니다." 하면서 마지막 넉 줄을 적어 넣어 주는 것이었다.

그러나 겨울이 지나고 나의 별에도 봄이 오면
무덤 위에 파란 잔디가 피어나듯이
내 이름자 묻힌 언덕 위에도
자랑처럼 풀이 무성할 게외다.

이처럼 나의 하찮은 충고에도 귀를 기울여 수용할 줄 아는 태도란 시인으로서는 매우 어려운 일임을 생각하면, 동주의 그 너그러운 마음에 다시금 머리가 숙여지고 존경하는 마음이 새삼스레 우러나게 된다.

동주가 졸업 기념으로 엮은 자선 시집《하늘과 바람과 별과 시》의 자필 시고(詩稿)는 모두 3부였다. 그 하나는 자신이 가졌고, 한 부는 이양하 선생께, 그리고 나머지 한 부는 내게 주었다. 이 시집에 실린 19편의 작품 중에서, 제일 마지막에 수록된 시가 〈별 헤는 밤〉으로 1941년 11월 5일로 적혀 있고, 〈서시〉를 쓴 것이 11월 20일로 되어 있다. 이로 보아, 그는 자선 시집을 만들어 졸업 기념으로 출판하기를 계획했던 것 같다. 그러나 이 시고를 받아 보신 이양하 선생께서는 출판을 보류하도록 권하였다 한다. 〈십자가〉, 〈슬픈 족속〉, 〈또 다른 고향〉과 같은 작품들이 일본 관헌의 검열에 통과될 수 없을 뿐만 아니라 그의 신변에 위험이 따를 것이니, 때를 기다리라고 하셨다는 것이다.

그의 시 속에 배어 있는 겨레 사랑의 정신은

그를 사랑하는 모든 사람의 가슴속에 영원히 살아 남아 있을 것이다.

그러나 그는 결코 실망의 빛을 보이지 않았다. 선생의 충고는 당연한 것이었고, 또 시집 출간을 서두를 필요도 없다고 생각했기 때문이었을 것이다.

시집 출판을 단념한 동주는 1941년 11월 29일에 〈간〉을 썼다. 작품 발표와 출판의 자유를 빼앗긴 지성인의 분노가 폭발한 것이리라. 그러나 자신을 스스로 달래지 않을 수 없었다. 그 노여움이 가라앉으면서 1942년 1월 24일에 차분히 〈참회록〉을 썼다. 어쩌면 이것이 고국에서 쓴 마지막 작품이었을지도 모른다. 1942년, 유학을 위해 일본으로 건너갔던 그는, 이듬해인 1943년 7월에 독립운동 혐의로 체포되어 2년 형을 언도받고 후쿠오카 감옥에서 복역하던 중, 조국 광복을 불과 반 년 앞둔 1945년 2월 16일, 감옥 안에서 28세의 젊은 나이로 원통하게 눈을 감았다.

이제, 동주는 세상을 떠나고 없다. 그러나 오늘날 이 땅의 많은 젊은이들이 즐겨 외는, 그의 대표작 〈별 헤는 밤〉의 끝 넉 줄은, 단순히 시구로만 끝난 것이 아니라 현실이 되었다. 그의 고향인 북간도 용정에 있는 동산 마루턱에 묻힌 그의 무덤 위에는 이 봄에도 파란 잔디가 자랑처럼 돋아나 있을 것이다. 그러나 동주는 멀리 북간도에만 있는 것이 아니다. 그의 시 속에 배어 있는 겨레 사랑의 정신은 그를 사랑하는 모든 사람의 가슴속에 영원히 살아 남아 있을 것이다.

횡액(橫厄) 뜻밖에 닥쳐오는 불행.
과작(寡作) 작품 따위를 적게 지음.
자선(自選) 자기 스스로 자기의 작품을 골라 뽑음.

잘 준비된 말을

이해인

말의 질을 높이는 것이 곧 삶의 질을 높이는 길임을 강조하는 글입니다. 글쓴이는 요즘 우리의 언어생활이 거칠고 삭막해졌다고 지적하며, 스스로의 언어 습관을 성찰하고 끊임없는 노력으로 잘 다듬은 말을 해야 한다고 말합니다.

전문적으로 글을 쓰는 사람이든 아니든 간에 시나 산문 등을 하나의 작품으로 탄생시키기까지는 참으로 남모르는 아픔과 인내, 아낌없는 정성과 노력이 요구된다. 나 역시 글을 쓸 때에는 마음에 드는 적절한 표현을 찾기 위해 수없이 종이를 버리며 잠을 설칠 때도 많고, 옆 사람이 눈치를 챌 만큼 끙끙 몸살을 앓고는 한다. 글을 쓰기 위해 이렇듯 힘든 과정을 거칠 때마다 나는 겉으로 드러나는 나의 언어생활을 한 번씩 되돌아본다. 내가 말을 할 때에도 글을 쓸 때만큼 심사숙고하고, 이것저것 미리 헤아려 분별 있는 말을 하려고 애쓴다면 성급하고 충동적인 말로 다른 이의 마음을 상하게 하는 일은 거의 없을 것이라는 생각이 든다. 깊이 생각하지 않고 쉽게 뱉어 버린 말들 때문에 빚어지는 오해나 불신이 우리 주변에는 얼마나 많은가?

누가 어쩌다 한결같이 겸허하고, 예의 바르고, 품위 있는 말씨를 쓰면 다시 한번 그 사람을 쳐다보며 감탄할 만큼 요즘 우리의 언어생활은 퍽도 거칠고 삭막해졌음을 자주 절감한다.

흔히 글은 오래오래 종이에 남는 것이고, 말은 그냥 사라지는 것쯤으로 생각해 버리기 쉽지만, 한마디의 말 또한 듣는 이의 마음속에 오랫동안 간직될 수 있는 것이라고 한다면 우리는 얼마나 신중을 기해야 할 것인가? 한 사람의 펜으로 쓰인 글이 그 사람 특유의 개성을 지닌 작품이 되듯이 한 사람의 입에서 나온 말 또한 그 사람의 인격을 드러내는 하나의 작품이라고 할 때, 우리는 결코 함부로 말할 수가 없으리라. 너도나도 바쁘게 살다 보니 생각할 시간이 별로 없다고 해도, 우리는 매일 잠깐씩 일부러라도 틈을 내어 마음 깊은 곳으로 들어가 자신의 언어생활을 점검해 보고, 늘 잘 준비된 말을 할 수 있게 최선을 다해야 할 것이다. 말을 할 때마다 마음의 준비를 하며, 꾸준히 자신을 성찰해 간다면 아무래도 부정적인 말보다는 긍정적인 말을 더 하게 될 것 같다. 자기와 남을 이롭게 하고 기쁘게 하는 좋은 말, 선한 말만 골라 하기에도 시간이 모자라는데, 남을 비난하고 상관도 없는 일에 끼어들어 흥분하거나 불평과 짜증과 푸념으로 시간을 보낸다면 얼마나 어리석은 일이겠는가? 마음먹기에 따라서 우리는 얼마든지 말의 질을 높일 수가 있고, 이것은

깊이 생각하지 않고 쉽게 뱉어 버린 말들 때문에

빚어지는 오해나 불신이 우리 주변에는 얼마나 많은가?

곧 삶의 질을 향기롭게 높이는 것이라 생각된다.

이유 없이 남을 깎아내리는 말, 무례하고 오만하고 이기적인 말, 천박하고 상스러운 말은 아예 입에 담지 말자. 잘 안 된다면 적어도 우선은 횟수를 줄이려고 노력하자. 우리의 말씨가 거칠어지는 것이 시대 탓, 무분별한 대중 매체 탓이라고만 하지 말고, 우리의 끊임없는 노력으로 매일의 언어생활을 참으로 선하고, 진실하고, 아름다운 작품으로 꽃피우자.

심사숙고하다(深思熟考--) 깊이 잘 생각하다.
분별(分別) 세상 물정에 대한 바른 생각이나 판단.
천박하다(淺薄--) 학문이나 생각 따위가 얕거나, 말이나 행동 따위가 상스럽다.

'꽃'인가 '꼿'인가

이익섭

표준 발음법에서 정한 발음 그대로 발음해야 함을 강조하고 있는 글입니다. 글쓴이는 사람들이 각자 다른 발음 습관을 가지고 있고 지역마다 다른 발음법이 있어 그것을 살려야 한다는 주장에 대해 되짚어 봅니다. 그리고 글의 표기를 보면 합리적으로 그 발음을 추측할 수 있어야 한다고 반론합니다.

오늘날 '꽃이/꽃으로'를 [꼬치]와 [꼬츠로]라고 말하는 사람은 의외로 많지 않은 듯합니다. 받침 'ㅊ'이나 'ㅈ'을 가진 말들이 대개 마찬가지인데 '빚을 졌다'의 '빚을'도 대개는 [비슬]이라 하지 [비즐]이라고 하는 사람은 드뭅니다. 여러분은 '한 송이 꽃을 피우기 위해'의 '꽃을'을 어떻게 읽는지요?

시를 쓰는 내 친구 하나가 물었습니다. 아니 시비를 걸어왔습니다. "꽃아!"를 [꼬차]라고 하면 시 맛이 나냐고. [꼬사]라고 해야 시의 분위기가 살고, 그게 애초 시인이 생각한 발음 아니겠냐고.

일상적으로 [꼬시], [꼬슬], [꼬세서], [꼬스로]라고
말하고 있더라도 일단 "꽃아!"라고 표기하였으면
[꼬차]라고 읽는 것이 옳다는 것이 제 생각입니다.

참 오래전 얘기입니다만, 경상북도 안동에 학술 답사(踏査)를 갔다가 그 지방에서 활동하는 시인을 만난 적이 있는데, 그분 주장은 시는 그 시인의 사투리로 읽어 주어야 한다는 것이었습니다. 그 억양으로 읽어야 시인이 의도한 세계가 살 수 있다고 말입니다.

미처 생각지 못한 얘기여서 신선하게는 들렸는데 어려운 주문이기도 하다는 생각이 들었습니다. 김소월의 시는 평안도 억양을 모르고도 기분 좋게 읽히고, 서정주의 시 역시 전라도 사투리의 억양과 다르게 읽어도 감동을 일으키지 않습니까? 아니 서정주 시인이 자작시를 전라도 사투리로, 가령 '나의'를 '나으'로 읽는 걸 들으면 저는 오히려 그 시의 맛이 줄기까지 합니다. 그 향토 시인의 주장은 일면 일리는 있는데 일반화하기는 어렵지 않을까 합니다.

"꽃아, 이슬 영롱한 꽃아!"라고 써 놓고 "[꼬사], 이슬 영롱한 [꼬사]!"라고 읽지 않았다고 불평하는 말을 저는 받아들일 수 없습니다. 우리가 일상적으로 [꼬시], [꼬슬], [꼬세서], [꼬스로]라고 말하고 있더라도 일단 "꽃아!"라고 표기하였으면 [꼬차]라고 읽는 것이 옳다는 것이 제 생각입니다. 정녕 [꼬차]를 들어 줄 수 없다면, 맞춤법을 벗어나 "꽃아!"라고 쓰는 길을 택할 수밖에 없을 것입니다.

그러고 보니, '꽃아'를 '끝아'라고 써야 할 일도 있을 법합니다. 제 고향에서는 "꽃에서/꽃으로"를 [꼬테서/꼬트로]라고 하니 그 맛을 살리려면 "끝아, 이슬 영롱한 끝아!"라고 써야 할 테니까요. 그런데 이 경우 "꽃아!"라고 써 놓고 [꼬타]라고 읽어 주기를 기대할 수는 없을 것입니다. 마찬가지로 "꽃아!"라고 써 놓고 [꼬사]라고 읽어 주지 않는다고 불평하는 것은 옳지 않을 것입니다.

향토(鄕土) 자기가 태어나서 자란 땅. 시골이나 고장.
영롱하다(玲瓏--) 광채가 찬란하다. 구슬 따위의 울리는 소리가 맑고 아름답다.

4부

더불어 세상

'너는……' 대신에
'나는……'으로 말 트기

정채봉

일제 강점기에 단절된 우리말 발음 교육이 많은 사람들의 노력으로 올바른 모습을 되찾아 규범화되기까지의 역사를 살피고 있는 글입니다. 글쓴이는 개화기 국어학자인 주시경 선생의 말씀을 인용하며, 올바른 우리말 사용의 중요성을 강조하고 있습니다.

화가 울컥 치밀어 오를 때,
더욱이 말을 할 때
여간 주의하지 않으면 안 됩니다.
이럴 때 '너는……'이라는 말 대신에
'나는……'이라고 말해 보셔요.
그러니까 상대방을 탓하는 대신
당신 자신이 느끼고 있는 것을,
그리고 왜 그렇게 느끼는지를
말하는 겁니다.

비난받으면 누구라도 화가 나고,
설령 자신이 잘못했다고 치더라도
자신을 비난하는 상대방이 싫어지는 게
대부분의 경우랍니다.
당신도 아마 누군가에게 '너 때문이야.'라는
말을 들으면, '기분'이 나빠질걸요?

지렁이 울음소리를
들을 수 있는 세상

김선우

작고 여린 생명에게도 귀 기울이는 세상을 소망하는 글입니다. 지렁이는 여러 모로 사람에게 이롭습니다. 유기물을 잘게 분해해 그 영양이 땅으로 흡수되는 것을 도울 뿐 아니라, 그 배설물 또한 토양을 건강하게 만듭니다. 그리하여 "한순간도 다른 생명을 착취해 본 적 없는" 지렁이. 그 울음소리에 귀 기울이자는 글쓴이의 태도에서 존재에 대한 존엄을 느낄 수 있습니다.

지렁이 울음소리를 들어 본 적 있나요? 목숨 있는 것들은 다 울지요. 심지어 기뻐서 눈물이 터질 때도 있지요. 누군가 자신의 고민과 상처를 이야기하다 울음을 터뜨렸다면, 그 사람은 괜찮은 거예요. 운다는 건 상처를 극복할 힘이 있다는 거지요. 유마의 말을 빌려야겠네요. 세상이 죄다 병들었는데 나만 희희낙락할 수는 없는 거라고요. 다 아픈데 나만 안 아플 수는 없는 겁니다. 목숨 있는 존재란 누군가에 기대어 존재하게 되어 있으니까요. 그러니 울음은 웃음만큼이나 소중한 겁니다. 울음은 자기를 비워 내는 강력한 몸의 말이지요.

모두 잠든 밤 조용히 땅 위로 나와 달빛을 즐기는
지렁이를 상상해 보세요. 세상에서 단 한 순간도
다른 생명을 착취해 본 적 없는 지렁이.

유기농 퇴비 만드는 곳에 간 적이 있습니다. 지렁이 울음소리를 듣고 싶었기 때문이지요. 비닐하우스 가득 놓인 항아리들 속에서 지렁이들이 퇴비를 만들고 있었지요. 발소리를 죽이고 귀를 세워 보았습니다. 청각이 예민한 지렁이들이 인기척을 알아채고 조용해지기 전까지, 눈 깜짝할 사이나마 지렁이 울음소리를 듣는 바로 그 순간, 농부는 자신이 우주를 여행하는 여행자라는 생각이 든다고 합니다.

　여리지만 분명한 울음소리 혹은 노랫소리. 모두 잠든 밤 조용히 땅 위로 나와 달빛을 즐기는 지렁이를 상상해 보세요. 세상에서 단 한 순간도 다른 생명을 착취해 본 적 없는 지렁이. 참, "지렁이도 밟으면 꿈틀한다."라는 속담이 있지요. 이런! 지렁이는 안 밟아도 꿈틀합니다. 꿈틀하는 역동이 생명의 본질이니까요. 밟아야만 꿈틀한다고 착각하지 마세요. 지렁이들의 울음소리를 들을 수 있는 세상이어야 합니다.

희희낙락(喜喜樂樂)　매우 기뻐하고 즐거워함.
역동(力動)　힘차고 활발하게 움직임.

자기만의 몫을 찾아서

이현주

협력과 상생을 도모하기보다, 경쟁과 차별을 부추기는 '상'과 '시험'에 대한 비판적인 견해가 드러나 있는 글입니다. 누구나 태어날 때부터 주어진 재능이 있음을 깨닫고, 그 '몫'을 제대로 찾아가는 삶이길 바라는 글쓴이의 마음이 읽히는 글입니다.

도대체 맨 처음 상(賞)이란 것을 만든 사람은 누굴까? 동물이나 식물의 세계에서 상을 주고받는 일이 없는 것을 보면 누군가 그것을 처음으로 '만든' 사람이 있을 터인데, 그 사람에 대해서 나는 유감이 많다. 상을 주면 그것을 받는 사람은 기분이 좋고 즐겁겠지만 받지 못하는 사람은 상대적으로 샘이 나고 위축감을 느끼기도 할 것이다. 받아 봤자 사실은 별것도 아닌데 괜히 사람들 사이에 차별 의식 따위만 일으키고, 나아가 경쟁과 시샘을 불러일으켜 불편한 관계로 발전시키는 게 상이다. 상을 받은 자는 우쭐하여 교만한 마음을 품게 되니 그것 또한 고약한 일이다. 그래서 무위자연을 노래한 노자는 '잘난 놈을 떠받들지 마라. 그리하여 사람들로 하여금 다툼이 없게 하라.'고 정치를 하는 사람들에게 권하고 있다.

자연 세계의 모든 것이 그렇듯, 사람들도 가지각색이다. 태어나면서부터 그 타고난 기질이 서로 달라 얼굴 모습뿐만 아니라 성격이나 행동거지도 다양하다. 그림을 잘 그리는 재질을 품고 태어난 사람이 있는가 하면 달리기를 잘하는 신체 조건을 태어나면서부터 갖춘 사람도 있다. 가지각색 천차만별이다. 따라서 후천적인 노력에서 오는 차이도 있겠지만, 똑같은 마당에서 달리기를 시키면 남보다 잘 뛰는 사람이 있고 유별나게 둔한 사람도 있게 마련이다. 무슨 일을 잘하는 사람에게 박수로 격려하는 것은 좋다. 그러나 그에게 상을 줌으로써 다른 사람과 차별 짓는 것은 결코 잘하는 일이 못 된다. 이쯤 얘기하면 뭔가 그럴듯하기는 하지만 꿈 같은 소리를 한다고 콧방귀를 뀌는 사람이 많을 것이다. '상'을 주지도 받지도 않는 세상, 우리에게는 그런 세상이 꿈 같은 세상일 것이다. 그러나 그런 꿈조차 꿔 보지 못한다면 무슨 재미로 살 것인가?

백인들이 최후의 인디언을 굴복시켰을 무렵, 인디언 아이들을 모아다가 백인 교사 밑에서 수업을 받게 했다. 백인들의 '고급문화'를, 말하자면 '야만적인' 인디언 세계에 옮겨 심는 작업이었다. 얼마 동안 열심히 가르친 교사가 시험을 치르기로 하고 시험지를 나눠 준 다음에 이렇게 말했다.

"이제부터 너희는 더 이상 야만인이 아니고 문명인이다. 문명인은 문명인답게 행동해야 한다. 정정당당하게 자신의 실력만으로 답안지를 작성할 것! 절대로 남의 것을 보거나 보여 주거나 해서는 안 된다.”

그런데 잠시 후 한두 학생이 머리를 맞대고 수군거리기 시작하더니 금방 모두가 한곳에 모여서는 이 문제의 답은 무엇이며, 저 문제의 답은 무엇이냐며 와자지껄 떠들어 대기 시작하는 게 아닌가? 화가 잔뜩 난 백인 교사가 시험을 중단시키고 이게 무슨 짓이냐고 호통을 쳤다. 그러자 그중 나이가 많은 한 학생이 일어나더니 이렇게 대답하더라는 얘기다.

“선생님, 저희는 어려서부터 할아버지한테 말씀 듣기를, 너희가 살다 보면 어려운 일을 많이 겪게 될 터인데 그럴 때마다 혼자 해결하려고 하지 말고 언제나 여럿의 지혜를 모아서 해결하라고 들었습니다. 시험 문제를 풀다 보니 어려운 문제가 있어서 할아버지한테 배운 대로 했을 뿐입니다.”

아마 인디언 종족에게 학교가 있었더라면 그 학교에서는 오늘 우리 아이들이 보는 것과 같은 그런 종류의 시험은 없었을 것이다. 시험이 없으니 성적도 없었을 것이고, 따라서 우등상 따위도 없었을 것이다. 바로 인디언 할아버지의 가르침을 무너뜨려 박살 내고 그 위에 ‘치열한 생존 경쟁’과 ‘적자생존(適者生存)’의 원리를 바탕한 교육을 세운 것이 오늘날의 미국 아닌가.

세상에는 머리가 좋은 사람도 있고 그렇지 못한 사람도 있다(편의상 ‘좋다’, ‘나쁘다’는 말을 쓰지만, 사실은 그렇게 말할 수도 없는 것이다). 그들은 서로 경쟁하여 우열을 가릴 ‘적수’가 아니라, 서

우리는 모두 "너 세상에 한번 다녀와야겠다."라는 하늘의
명에 따라 세상에 태어났다. …… 그것은 저마다 이 세상을
사는 동안 책임져야 할 '자기만의 몫'이다.

로 협력하여 함께 살아가야 할 '형제'이다. 그 누구도, 머리가 좋다고 해서 남의 도움이 전혀 필요하지 않은 만능 인간은 아니기 때문이다.

그렇다면 과연 누구의 가르침이 옳은가? 인디언 할아버지인가? 아니면 백인 교사인가?

우리는 모두 "너 세상에 한번 다녀와야겠다."라는 하늘의 명에 따라 세상에 태어났다. 사람은 그 누구도 명을 받지 않고서는 태어나지 않는다. 우리가 지니고 있는 그 모든 것, 몸뚱이로부터 시작하여 재주와 물질과 시간까지, 그 모든 것에는 그것을 가지고 해야 할 어떤 '일'—다른 어떤 '기준'을 가지고 마음대로 평가할 수 없는—이 들어 있는 것이다.

그것은 저마다 이 세상을 사는 동안 책임져야 할 '자기만의 몫'이다. 그것이 무엇인지 여러분은 알고 있는가?

위축감(萎縮感) 어떤 힘에 눌려 졸아들고 기를 펴지 못하는 느낌.
무위자연(無爲自然) 사람의 힘을 더하지 않은 그대로의 자연. 또는 그런 이상적인 경지.

집을 수리하고 나서

이규보

행랑채를 수리한 경험에서 얻은 깨달음을 담은 글입니다. 글쓴이는 퇴락한 행
랑채를 고치며, 비가 새는 곳을 제때 고치지 않으면 더 큰 비용이 든다는 사실
을 알게 됩니다. 그리고 이 교훈을 삶의 이치와 나라를 다스리는 정치에 빗대
어, 잘못을 알았을 때 곧바로 고쳐 나가는 자세의 중요성을 강조합니다.

우리 집에는 퇴락한 행랑채가 있다. 그런데 그중 세 칸이 곧
쓰러질 것만 같아, 어쩔 수 없이 전부 수리를 하게 되었다.

이 일이 있기 전, 그 가운데 두 칸에는 오래전부터 비가 샜었
는데, 나는 그걸 알고도 그냥 내버려 두다가 미처 수리를 하지
못하였고, 나머지 한 칸은 한 번밖에 비가 새지 않았을 때 급히
기와를 교체하게 한 적이 있다.

그런데 이번에 수리를 하고 보니 비가 오래 샌 곳은 서까래와
추녀며 기둥과 들보가 모두 썩어서 못 쓰게 되었으므로 경비가
많이 들었고, 한 번밖에 비가 새지 않은 곳은 재목들이 모두 온

잘못을 알고서도 즉시 고치지 않는다면,

오래 비를 맞은 목재가 썩어 못 쓰게 되듯이, 자기 몸을 망치게 될 것이다.

전하여 다시 쓸 수 있었기 때문에 비용을 줄일 수 있었다.

그래서 나는 이런 생각이 들었다.

이런 일은 사람의 경우에도 마찬가지가 아닐까. 잘못을 알고서도 즉시 고치지 않는다면, 오래 비를 맞은 목재가 썩어 못 쓰게 되듯이, 자기 몸을 망치게 될 것이다. 반면에 잘못한 일을 거리낌 없이 고친다면, 비 맞은 목재를 다시 쓸 수 있었던 것처럼, 그 잘못한 일은 다시 착한 사람이 되는 데 아무 방해도 되지 않을 것이다.

또한, 여기에만 그칠 일이 아니다. 나라의 정치도 역시 이와 같은 것이다. 모든 일에 있어서 백성에게 큰 피해가 되는 것들을 이리저리 둘러맞추기만 하고 개혁하지 않다가, 백성이 못살게 되고 나라가 위태해지고 나서야 갑자기 바꾸려 한다면, 나라를 부지하기 어려운 법이다. 그러니 신중하게 생각하지 않을 수 있겠는가.

퇴락하다(頹落--) 낡아서 무너지고 떨어지다.
행랑채(行廊-) 대문간 곁에 있는 집채.
부지하다(扶持--/扶支--) 상당히 어렵게 보존하거나 유지하여 나가다.

부딪치면서 배워요

오소희

글쓴이가 시각 장애 소년들에게 책을 읽어 주며 만난 경험에서 얻은 깨달음을 솔직하게 표현한 글입니다. 시각 장애 소년들이 새로운 공간에 가면 익숙해질 때까지 직접 부딪치며 배운다는 말을 듣고, 글쓴이는 앞으로 문제에 부딪칠 때 두려워하지 않고 주체적으로 맞서 이겨 내겠다고 다짐합니다.

3년 전 에티오피아에서 돌아왔을 때, 나를 기다리는 메일 가운데 다음과 같은 것이 있었다.

작가님, 안녕하세요? 다름이 아니라 저의 친척 동생이 시각 장애가 있습니다. 그런데 작가님께서 쓰신 책을 꼭 읽고 싶어 하네요. 시각 장애인들은 점자로 나온 책 이외에는 접할 수 있는 책이 없습니다. 혹시 이런 친구들이 작가님의 책을 읽을 수 있도록 도움을 주실 수 있나요?

나는 답장을 썼다.

죄송하지만 현재 점자책이나 읽어 주는 책으로 출판되어 있지는 않습니다.

평소 같았다면 그 정도에서 메일이 마무리되었을 것이다. 그러나 말했듯이, 그때 나는 에티오피아에서 막 돌아온 참이었다. 그곳에서 만났던 사람들, 가난과 고통 속에서도 희망을 잃지 않는 에티오피아 사람들을 보며 나는 다른 사람을 위해 나눌 수 있는 것이 나에게 있으면 기꺼이 나누리라 생각했다. 그래서 선뜻 덧붙였다.

대신 제가 가서 읽어 줄게요.

그렇게 시작된 인연이었다. 수빈과 희원, 당시 중학교 2학년이었던 시각 장애 소년들. 만나 보니 수빈은 덩치가 크고 진중했고 희원은 작고 유쾌했다. 우리는 첫 만남에서부터 서로를 좋아했다. 나는 주말마다 아이들을 찾기 시작했다. 그리고 내가 구경한 저 먼 세상, 혹은 문학이나 음악에 대해서도 함께 이야기를 나누었다.

그날은 아마도 두 번째 만남이었을 것이다. 겨울이었다. 6시가 되자 교실 밖에는 벌써 어둠이 내렸다. 이제 일어나 정리를 할 시간. 해야 할 일은, 블라인드를 내리고 책걸상을 정리하고 가방을 챙기고 불을 끄는 일.

그런데 아이들의 순서는 나와 달랐다. 수빈이가 '제일 먼저'

부딪치면서 배워요. 배운다는 건 그런 거예요.

온몸을 내던지는 것.

불을 껐다. 주위가 온통 깜깜해졌다. 그 속에서 수빈이가 익숙한 동작으로 블라인드를 내렸다. 희원이도 곧장 책걸상과 소지품을 정리했다.

나는 그저 어둠 속에서 서 있었다. 아이들의 꼼꼼하고 차분한 동작을 기척으로만 느끼면서. 그때까지 모르고 있었다. 교실의 형광등이 나 혼자만을 위해 켜져 있었다는 걸.

어둠 속에서 아이들의 대화와 동작은 매우 자연스럽고도 능숙했다. 일순간 나아갈 바를 모르고 어둠에 경직된 것은 나뿐이었다. 내내 이런 어둠이었겠구나. 뒤늦게 어리석은 생각이 많아진 것도 나뿐이었다.

나는 수빈의 엄마, 희원의 엄마 모두 만나 보았다. 나 자신도 명색이 엄마인지라, 이러한 순간을 최초로 맞닥뜨렸을 그녀들의 '그 저녁'이 머릿속에 그림처럼 그려졌다. 방문을 여니, 어둠이 내린 줄 모르고 어둠에 잠긴 채 평화롭게 장난감을 만지작거리며 놀고 있는 조그만 아이. 그 아이들을 이처럼 훌륭하게 키워 내기까지 '어미'이기에 가능했을 반복과 열정……

그녀들의 사랑과 아이들의 성과가 가슴 벅차서, 나는 머릿속 그림이 촉촉하게 마음을 적시도록 조금 더 어둠 속 움직임을 가만가만 느끼고 서 있었다.

잠시 후 아이들에게 물었다.

"너희들은 이 교실의 구석구석을 다 외웠겠구나. 그럼 새로운 공간에 가서는 어떻게 하니?"

희원이가 당연하다는 듯 대답했다.

"부딪치면서 배워요."

1, 2초간 숨이 멎었다. 아, 그것 참 멋진 말이로구나! 그때 나는 마흔이 목전이었다. 삶의 윤곽을 알아 버린 것 같았고, 그만큼 세상은 덜 흥미로웠다. 나 스스로 얼마나 모자란 존재인지를 잊었다. 그래서 지구의 머나먼 끝까지 다녀와야 절절한 교훈 하나쯤 가슴에 채워 넣을 수 있었다. 아이들이 그런 내게 가르쳤다.

'당신 바로 곁에 책상이 있어요. 부딪치면서 배워요. 배운다는 건 그런 거예요. 온몸을 내던지는 것.'

그 겨울 저녁, 알에서 깨어나듯 나는 어둠 속에서 깨어났다. 아끼지 않을 것이다. 다가올 나의 중년은 모름지기 더 부딪치고 더 배울 것이다. 어둠 속에서, 아이들 손을 잡고 긴 복도를 빠져나왔다.

기척 누가 있는 줄을 짐작하여 알 만한 소리나 기색.
명색(名色) 실속 없이 그럴듯하게 불리는 허울만 좋은 이름.
맞닥뜨리다 갑자기 마주 대하거나 만나다.

섬진강 기행

김훈

소설가 김훈이 자전거를 타고 섬진강을 따라 여행하면서 보고 듣고 느낀 바를 서술한 글입니다. 이 글을 통해 겨울 섬진강의 아름다움과 강가 마을 주민들의 진솔한 삶에 대해 알 수 있습니다.

자전거를 타고 새벽에 여우치 마을을 떠나 옥정호수를 동쪽으로 돌아 나왔다. 호수의 아침 물안개가 산골짝마다 퍼져서 고단한 사람들의 마음을 이불처럼 덮어 주고 있었다.

27번 국도를 따라 20여 킬로미터를 남쪽으로 달렸다. 임실군 덕치면 회문리 덕치 마을 앞 정자나무 아래로 흐르는 섬진강은 아직은 강이라기보다는 큰 개울에 가까웠다.

산맥과 맞서지 못하는 어린 강은 노령산맥의 가파른 위엄(威嚴)을 멀리 피하면서 가장 유순(柔順)한 굽이만을 골라서 이리저리 굽이쳤다. 멀리 돌아서, 마침내 멀리 가는 강은 길의 생리를 닮아 있었는데, 이 어린 강물 옆으로 이제는 거의 버려진 늙은 길이 강물과 함께 굽이치고 있었다.

강은 인간의 것이 아니어서 흘러가면 돌아올 수 없지만, 길은 인간의 것이므로 마을에서 마을로 되돌아온다. 모든 길은 그 위를 오가는 사람이 주인(主人)이어서 이 강가 마을 사람들의 사랑과 결혼도 상류와 하류 사이의 물가 길을 오가며 이루어졌다. 자전거는 길을 따라서 강물을 바짝 끼고 달렸다.

겨울 섬진강은 적막하다. 돌길을 지나는 자전거의 덜커덕거리는 소리에 졸던 물새들이 놀라서 날아오른다. 겨울의 강은 흐름이 아니라 이음이었다. 강물은 속으로만 깊게 흘렀다.

가파른 산굽이를 여울져 흐르는 여름 강의 휘모리장단이나, 이윽고 하구(河口)에 이르러 아득한 산야(山野)를 느리게 휘돌아 나가는 늙은 강의 진양조장단도 들리지 않았다. 산하(山河)는 본래가 인간이 연주할 수 없는 거대한 악기와도 같은 것인데, 겨울의 섬진강과 노령산맥은 수런거리던 모든 리듬을 땅속 깊이 감추고 있었다.

천담 마을 앞에서 섬진강은 커다랗게 굽이치면서 방향을 틀어 구담, 싸리재, 장구목, 북대미 같은 작고 오래된 마을 옆을 흐른다. 이 구간에서 강물의 수심은 무릎 정도이다. 마주 보는 마을 사이에 다리가 없어서 신발을 벗고 자전거를 끌면서 물속을 걸어서 강을 건넜다.

겨울 강물이 낮아지자, 물속의 바위들이 물 위로 드러나 장관을 이루었다. 바위들의 흐름은 구담에서 싸리재에 이르도록 계속된다. 수만 년을 물의 흐름에 씻긴 바위들은 모든 연약한 부분들이

강은 인간의 것이 아니어서 흘러가면 돌아올 수 없지만,

길은 인간의 것이므로 마을에서 마을로 되돌아온다.

모조리 물에 깎인 채 온화한 자태(姿態)를 간직하고 있었다. 그것은 수만 년을 깎인 과거의 바위이자 변화와 생성을 거듭해 나갈 미래의 바위이며, 박힌 자리에서 흐르고 출렁거리는 현재의 바위이다.

이 장엄한 바위들을 뽑아 가서 돈 많은 자의 정원으로 옮겨 놓으려는 도둑들이 있었다. 몇 해 전에는 20여 명의 떼도둑이 중장비(重裝備)를 끌고 와서 '요강 바위'를 뽑아 갔다. 요강 바위는 가운데가 두 사람이 들어앉을 수 있을 만큼 오목하게 패어 있으며, 그 안에 늘 물이 고여 있었다.

도둑들은 이 바위를 경기도의 한 야산에 숨겨 놓고 살 사람을 물색하고 있었다. 매매(賣買)는 이루어지지 않았지만, 이 바위 한 덩어리의 값이 10억 원을 넘었다. 눈썰미 밝은 주민이 이 바위가 섬진강 바위임을 알아채고 경찰에 신고했다.

도둑은 붙잡혔고, 요강 바위는 장물로 분류되어 전주 지검 남원 지청의 마당으로 운반되었다. 남원에서 이 물가까지 바위를 옮기는 데 중장비 사용료로 500만 원이 들었다. 바위의 무게가 25톤이었다. 장구목 마을 주민 12가구가 돈을 모아서 500만 원을 마련했다. 요강 바위는 중장비에 실려서 4년 만에 제자리로 돌아왔다. 바위를 제자리에 심어 놓던 날, 장구목 마을과 싸리재 마을 사람들은 돼지를 잡아 물가에서 잔치를 벌였다.

강물은 마을을 따라 흘러가고, 길은 길을 따라 뻗어 가는데, 노령산맥을 벗어난 섬진강은 구례, 곡성 쪽의 지리산 외곽으로 접어들었고, 지친 자전거는 순창에서 잠들었다.

굽이 휘어서 구부러진 곳.

여울지다 여울을 이루다. 이때 '여울'은 '강이나 바다 따위의 바닥이 얕거나 폭이 좁아 물살이 세게 흐르는 곳'을 말함.

휘모리장단 판소리나 산조 장단에서 가장 빠른 속도로 처음부터 급하게 휘몰아 부르는 장단.

진양조장단 판소리나 산조 장단에서 가장 느린 속도로 부르는 장단.

수런거리다 여러 사람이 한데 모여 수선스럽게 자꾸 지껄이다.

물색하다(物色--) 어떤 기준으로 거기에 알맞은 사람이나 물건, 장소를 고르다.

장물(贓物) 절도, 강도, 사기, 횡령 따위의 재산 범죄에 의하여 불법으로 가진 타인 소유의 재물.

공간이 우리의 삶을 만든다 한현미

글쓴이는 청소년들이 건축을 인문학적으로 성찰할 수 있도록 공간에 대해 이야기합니다. 이 글은 우리에게 익숙한 공간인 '집'과 '길'에 대한 글쓴이의 생각을 담고 있으며, 집을 더 편안하게 만드는 방법과 공동체 속에서 소통하며 편안한 관계를 맺는 것의 소중함을 말하고 있습니다.

1. 집 – 따로, 또 같이 편히 쉬다

사람이 살아가려면 입을 것, 먹을 것, 살아갈 곳인 의식주가 필요하다. 평소에 우리는 무슨 옷을 어떻게 입을지 고민을 많이 한다. 먹는 일에도 관심이 많아서 매일 무엇을 어떻게 먹을지 생각한다. 그러면 우리가 살고 있는 집과 관련해서는 어떤 생각을 해 보았는가?

집을 떠나 며칠 동안 수학여행을 가거나 체험 활동을 갔던 경험을 떠올려 보자. 처음에는 신이 나지만 시간이 지날수록 집이 그리워진다. 여정을 마치고 돌아오는 길. 멀리 동네가 보이고 집이 보일 때 우리는 포근함을 느낀다.

이처럼 집은 우리가 몸을 편히 눕힐 수 있는 공간이자 마음을 잠시 내려놓을 수 있는 공간이다. 집을 떠올렸을 때 어떤 공간이 먼저 생각나는가? 집을 더 편안하고 행복한 공간으로 만들기 위해 우리가 할 수 있는 일은 무엇일까?

개인적인 공간, 방

집에 들어와서 방으로 들어갈 때는 방문을 통과해야 한다. 방은 문으로 연결되어 있다. 문을 열면 다른 공간과 통하고, 문을 닫으면 개인적인 공간이 된다. 우리는 개인적인 공간인 방에서 어떻게 살아가고 있는가? 다음 사례를 보자.

학생 1 지친 몸을 이끌고 방으로 들어온다. 방바닥에는 벗어놓은 옷과 양말이 뒹굴고 있다. 책상 위에는 책과 공책, 여러 가지 종이들이 수북이 쌓여 있다. 책상 위가 지저분해서 한참을 치우다 보니 시간이 훌쩍 지나 버렸다. 공부는 내일부터 해야겠다.

학생 2 지친 몸을 이끌고 방으로 들어온다. 창밖으로 잔잔히 비치는 저녁노을을 보면서 옷을 벗어 옷장에 정리한다. 책꽂이에는 교과서와 읽을 책이 나란히 꽂혀 있다. 의자에 앉아 공부를 시작한다. 공부를 마치고 알찬 하루를 보낸 것에 뿌듯해하며 잠자리에 든다.

같은 방이라도 어떻게 가꾸느냐에 따라 환경이 달라지고, 그 환경에 따라 행동이 달라진다. 사람은 공간을 만들고, 공간은 사람을 만든다. 지금 우리는 비슷한 하루를 살아가는 것처럼 보이지만 공간을 어떻게 정리하느냐에 따라 10년 후, 20년 후의 삶은 달라질 수 있다. 자, 지금 방을 둘러보자. 그리고 깨끗하게 정리해 보자. 마음가짐이 달라질 것이다.

공유하는 공간, 거실

오늘날의 거실은 옛날 우리 조상들의 집 구조에서 대청마루에 해당한다. 마루는 지나가던 이웃도 편히 들러 이야기를 나누던 곳, 놀러 온 친구와 소꿉놀이하던 곳, 가족이 함께 둥그런 상에 둘러앉아 밥을 먹던 곳이다.

그렇다면 오늘날의 거실 풍경은 어떠한가? 자신의 집 거실을 찬찬히 관찰해 보자. 모두 아무 말 없이 거실 한쪽 벽면을 차지하고 있는 검은 상자인 텔레비전을 보고 있지는 않는가? 같은 공간에 있는 사람들이 각자의 휴대 전화로 다른 공간의 사람을 만나느라 적막감이 흐르지는 않는가?

이제 텔레비전을 치우고 휴대 전화를 내려놓아 보자. 거실 한쪽에 책장을 두고 책을 꽂아 보자. 그 옆에 살아 숨 쉬는 식물을 몇 개 놓아둔다면 마음이 편안해질 것이고 아늑한 공간에서 가족들과 대화하고 싶은 마음이 생길 것이다. 그리고 함께 모여 앉아 책을 읽을 수도 있을 것이다.

소통의 공간으로 바뀐 거실의 모습을 상상해 보자. 공간을 긍

정적으로 바꾸어 나갈 때 우리의 삶도 더 나은 방향으로 흘러갈
것이다.

2. 길 – 공간과 공간, 사람과 사람을 잇다

우리는 집에서만 생활하지는 않는다. 길을 따라 학교도 가고,
친구네 집도 가고, 서점에도 간다. 길은 공간과 공간만 이어 주
는 것이 아니다. 사람과 사람도 잇는다. 원래 길이 없던 곳이라
도 사람이 왕래하면 길이 된다.

주택 단지에 있는 잔디밭을 보면 샛길이 꼭 있다. 공간을 설
계한 사람의 의도와 다르게 좀 더 짧은 거리로 이동하려는 사람
들이 자연스럽게 만들어 낸 길이다. 관리자는 이런 현상을 보고
두 가지 중 하나를 선택할 수 있다. 하나는 길을 막아 놓고 "돌
아가세요."라고 쓰여 있는 푯말을 붙이는 방법, 또 하나는 길이
난 곳에 디딤돌을 깔아서 작은 길을 만들어 주는 방법이다. 어
떤 방법을 선택할 것인가? 우리 삶에서 길은 어떤 의미인가?

같은 듯 다른 공간, 길과 도로

길은 사람이나 차가 반복적으로 다니면서 만들어진 공간이
다. 통행량이 늘어나면 길을 넓히는데, 이때 길은 도로가 된다.
길은 자연스럽게 만들어진다는 의미가 강한 데 비해, 도로는 인
위적으로 확장하여 건설한다는 의미가 강하다.

예로부터 길은 지형과 자연스럽게 어우러지면서 만들어졌기

옛날 동네에는 집과 집을 이어 주는 골목길이 있었다.

에 보통 울퉁불퉁하거나 구불구불하다. 오솔길, 들길, 과수원길, 골목길 등 길은 환경에 따라 다양한 모습으로 나타난다. 반면 도로는 사람이 만들었기에 대부분 평평하고 곧게 다듬어져 있다. 때로는 직선으로 쭉 뻗은 도로를 만들기 위해 마을과 마을을 끊어 내고 산을 두 동강 내기도 한다. 빠르게 더 빠르게 앞으로 나아갈 수 있도록 해 주는 도로가 있어 우리 삶은 편리해졌다. 하지만 주변 환경에 관심을 두지 않고 홀로 나아가는 도로의 모습을 보면 어떤 생각이 드는가? 마치 서로 일등을 차지하려고 경쟁하듯 달리는 사람들의 모습이 연상되지는 않는가?

이야기와 풍경이 있는 공간, 골목길

옛날 동네에는 집과 집을 이어 주는 골목길이 있었다. 담장을 따라 윗집과 아랫집, 그리고 옆집이 이어졌다. 골목마다 색깔이 있고, 빛이 있고, 풍경이 있었다. 골목 사이에는 들마루를 내놓고 이웃끼리 이야기를 꽃피웠다. 아이들은 골목길에서 고무줄놀이도 하고, 공기놀이도 하고, 술래잡기도 하면서 뛰어놀았다. 옛날 골목길은 사람들이 서로의 온기를 느낄 수 있는 소통의 공간이자 울고 웃으며 살아가는 삶의 공간이었다. 골목길도 집의 일부나 마찬가지였다.

그러나 차량이 늘어나면서 사람들은 차량 통행을 우선시하게 되었고 골목길에서도 차를 조심해야 했다. 골목길이 불편한 공간이 되자 사람들은 집 안으로 들어가서 생활하였으며 이에 따라 이웃과 함께하는 시간도 줄어들었다.

지금의 골목길은 마음을 얹어 둘 틈이 없다. 동네에 옛날 골목길과 같은 역할을 하는 공간이 있으면 좋겠다. 동네 사람들이 함께 아이를 돌봐 줄 수 있는 공간, 악기를 배우거나 그림을 그릴 수 있는 공간, 재미난 책들이 쌓여 있고 자유롭게 책을 읽을 수 있는 공간이 있다면 사람들이 자연스럽게 모일 것이고 서로 마음을 나눌 수 있을 것이다. 그 과정에서 삶의 여유도 생기고, 이웃을 대하는 배려도 생기고, 공동체 의식도 생길 수 있다.

　사람은 공동체 속에 있을 때 진정으로 행복감을 느낀다. 공동체 속에서 편안한 관계를 맺고 소통할 수 있는 공간을 만들 때, 지금보다 한 뼘 더 행복한 삶을 누릴 수 있을 것이다.

여정(旅程) 여행의 과정이나 일정.
대청마루(大廳--) 한옥에서, 몸채의 방과 방 사이에 있는 큰 마루.
적막감(寂寞感) 고요하고 쓸쓸한 느낌이나 마음.
인위적(人爲的) 자연의 힘이 아닌 사람의 힘으로 이루어지는. 또는 그런 것.

초가을 산정에서

법정

여유로운 삶과 자연 사랑을 이야기한 법정 스님이 초가을 산 높은 곳에 머무르며 느낀 단상을 적은 글입니다. 이 글은 한때에 최선을 다하는 것이 삶이고, 사람을 상하게 하면 세상을 어둡게 하는 것이며, 자연 앞에서 겸허할 것 등의 깨우침을 담고 있습니다.

해발 890미터, 산 위에 올라와 오늘로 사흘째가 된다. 물론 혈혈단신, 내 그림자만을 데리고 올라왔다. 휴대품이라고는 비와 이슬을 가릴 만한 간소한 우장과 체온을 유지해 줄 침낭, 그리고 며칠분의 식량과 그걸 익혀서 먹을 취사도구뿐이었다.

산에서 사는 사람이 다시 산을 오른다면 이상하게 여길지 모르겠다. 하지만 진실로 산에서 사는 사람이기 때문에 인적이 미치지 않은 보다 그윽한 산을 오르고 싶은 것이다. 새삼스레 등산하기 위해서거나 산상(山上)의 기도를 위해서가 아니다. 무슨 수훈을 내리기 위해서는 더욱 아니다. 한 꺼풀 한 꺼풀 훨훨 벗어 버리고 싶은 간절한 소망에서 떨치고 나서게 된 것. 더 직설적으로 표현한다면, 더욱더 투명해지고 싶어서, 더욱더 단순해지고 싶어서 산정(山頂)에 오른 것이다.

산사(山寺)는 7월 보름에서 추석 전까지 가장 한적하다. 안거의 긴장이 풀린 무중력 상태이다. 떠날 사람들은 모두 썰물처럼 떠나가고 남을 사람들만 듬성듬성 남는다. 그 남은 사람들도 하루이틀 자취를 감추는 일이 잦다.

그것은 어쩌면 바람 탓인지도 모른다. 아무 데도 갈 데가 없던 사람들도 설렁설렁 가을바람이 불어오면, 어디론지 훌쩍 길을 떠난다. 가을바람에는 그런 이상한 마력(魔力)이 있는 모양이다. 말짱하던 초록빛 오동잎도 하룻밤 사이에 뚝 하고 떨어진다.

나도 그 바람 소리에 흔들려 털고 일어나, 더 올라갈 데가 없는 데까지 올라왔다. 살아도 살아도 철이 안 드는 풋풋한 머스마들의 기질, 바람결에 민감한 영원한 나그네들. 해마다 이맘때면 나는 연중행사처럼 혼자서 불쑥 산 위에 올라와 며칠씩 지내다가 내려가곤 한다. 벌써 5, 6년째 되풀이되고 있는 계절적인 행사이다.

첫째 날 오후, 산정에 올라와서는 먼저 머물 자리를 마련했다. 해마다 새 자리를 잡는다. 올해의 나는 지난해의 내가 아니므로 그 자리도 또한 새로운 자리여야 한다. 이번에는 억새밭에 자리를 잡았다. 산 위에는 벌써 억새꽃이 은발을 휘날리고 있었다. 간단히 저녁을 때우고 나서 해 지는 광경을 바라보았다. 수십 리 밖으로 첩첩이 쌓인 아득한 산 너머로 기우는 일몰을 지켜보면서, 우주는 그 자체가 살아 있는 장엄한 빛깔이라는 생각이 들었다.

노을이 가시자 삽시간에 여기저기서 별들이 돋아났다. 산 위에서 보는 별들은 훨씬 또렷하다. 어떤 별은 글썽글썽 눈물을 머금은 듯한 그런 모습도 하고 있다. 사람들의 눈매도 그렇듯이. 별밤에 혼자서 할 일이 무엇이겠는가. 나는 노래를 부르기 시작했다. 처음에는 낮은 목소리로 하다가 나중에는 목청껏 부르게 되었다. 별들이 내 노랫소리에 귀를 기울이고 있는 것 같아서였다. 이 노래 저 노래를 들추다가 끝에 가서는 〈봉선화〉만을 되풀이해 불렀다.

지난여름 담 밑에 쓸쓸히 피어 있는 봉선화를 보고, 그를 달래기 위해 노래를 불러 주던 기억이 되살아났기 때문이다. "울밑에 선 봉선화야 네 모양이 처량하다……." 여기까지 부르면 내 마음에는 까닭 없는 슬픔이 밴다. 밤이 깊도록 〈봉선화〉만을 불렀다. 배가 고파서 더 부를 수 없을 때까지 부르다가 지쳐서 잠이 들었다.

둘째 날 새벽, 저 아래 골짝에서 은은히 울려오는 종소리를 듣고 눈을 떴다. 오싹 한기가 들었다. 동이 트자 골짝에 자욱이 서려 있는 하얀 안개. 발아래 안개를 거느린 높은 산봉우리들은 마치 바다 위에 섬처럼 떠 있다. 안개 위에 떠 있는 산들은 한결 신비롭고 의연하다.

이런 광경을 묵묵히 지켜보고 있으니 문득 내가 산신령이 된 것 같은 그런 느낌마저 들었다. 하계(下界)에 내려가지 말고 이대

한 사람을 상하게 하는 것은 그만큼
이 세상을 어둡게 하는 거나 마찬가지다.

로 선 채 산신령이라도 되어 버릴까. 그러나 할 일이 없는 산신령은 너무 무료해서 스스로 그 자리를 떠날 수밖에 없을 것이다.

낮에는 마른바람 소리에 귀를 맡기고 어슬렁어슬렁 능선(稜線)을 거닐면서 살아온 자취를 더듬었다. 모든 것은 지나간다. 좋은 일이건 궂은일이건 영원한 것은 이 세상에 아무것도 없다. 모두가 한때일 뿐이다. 그러니 그 한때에 최선을 다하는 것이 삶의 빛깔이요 무게일 것이라는 생각이 들었다.

둘째 날 밤에는 소나기처럼 쏟아지는 풀벌레 소리에 입을 다물고 귀를 기울였다. 간밤에는 되지도 않은 내 목청으로 이 풀벌레들을 놀라게 했겠구나. 자연의 소리는 조금도 방해되거나 시끄럽지 않다. 사람들의 떠드는 소리는 같은 사람으로서도 듣기가 역겨운데 자연의 소리는 귀에 거슬리지 않다. 그것은 그 자체가 우주적인 조화를 이루고 있기 때문일 것이다. 그렇다면 인간도 우주적인 조화 속에서는 인간일 수 있지만, 그 조화를 깨뜨리면 비인간으로 굴러떨어지고 말 것이다.

첫째 날 밤에는 밤안개에 가려 보이지 않던 하계의 불빛이 나타났다. 여기저기 무리를 이룬 불빛은 인간의 촌락과 별처럼 깔린 마을의 불빛들. 한 사람이 이 지상에서 사라지면 저 불빛 가운데 하나도 꺼질 것이다. 그러니 한 사람을 상하게 하는 것은 그만큼 이 세상을 어둡게 하는 거나 마찬가지다.

저 불빛이 빛나고 있다면 그 지붕 밑에 웃음꽃이 피어 있는 것이고, 희미하게 떨고 있다면 누군가 근심 걱정에 잠겨 있는 것이다. 불빛이 저마다 더욱 밝게 빛날 때 우리가 사는 세상도 더욱 빛나게 될 것이다. 이따금 산짐승들이 서걱서걱 억새밭으로 지나가는 소리를 들으면서, 산도 밤에는 잠이 드는구나 싶었다.

셋째 날인 오늘, 사람들이 버리고 간 비닐봉지며 깡통과 휴지를 주우면서, 산의 품에 안겨서도 그 은혜를 모르는 고약한 버릇들에 언짢은 마음이 들었다. 짐승은 쉬어 간 자취를 남기지 않는데 사람은 그 흔적을 남기려 한다. 이제 사람들은 짐승한테도 배워야 하게 되었다. 사람들은 자연 앞에서까지 오만을 부리려고 한다. 누가 자연을 정복할 수 있단 말인가.

신문이나 방송 등 보도 기관에 종사하는 사람 중에는 '정복'이란 말을 거침없이 쓰는 사람이 있다. 잠시 어떤 산의 정상에 깃발을 꽂고 그걸 증명하기 위한 사진을 찍었다고 해서 그 산을 정복한 것이 되는가? 단 30분도 못 버티고 엉금엉금 기어서 내려오지 않을 수 없을 처지인데, 정복이라니 이 얼마나 허황하고 무엄한 소리인가. 산이 잠시 사람을 너그럽게 받아들여 준 것임을 알아야 한다. 사람이 산을 오를 수는 있어도 정복할 수는 절대로 없다.

옛사람의 시를 내 목소리로 읊으면서 초가을 산정의 마른바람 소리를 듣는다.

해는 서산에 기울고
강물은 바다로 흐른다
천 리 밖을 보려는가
다시 더 높이 오르게

혈혈단신(孑孑單身) 의지할 곳이 없는 외로운 홀몸.

우장(雨裝) 비를 맞지 아니하기 위해서 차려 입음. 또는 그런 복장.

수훈(垂訓) 후세에 가르침을 남김. 또는 그 가르침.

안거(安居) 출가한 승려가 일정한 기간 동안 외출하지 않고 한곳에 머무르면서 수행하는 제도.

타임머신을 타고 간 여행
-하회 마을 기행

박완서

소설가 박완서가 하회 마을을 여행하며 쓴 글입니다. 지나가던 마을 사람이
알려 주어 찾아간 마을의 과부댁, 그곳에서 하룻밤을 머물며 글쓴이가 느낀
마을 사람들의 넉넉함이 담담하게 그려지고 있습니다. 그에 못지않게 아름다
운 마을의 풍경이 덤으로 펼쳐지고 있습니다.

몇 해 전 10월 연휴 때였다. 우리 식구와 두 딸네 식구가 함께
봉고차를 한 대 빌려서 경상북도 쪽을 여행한 일이 있다. 목적
지는 안동군 내에 있는 하회 마을이었지만 세 가족 중에는 어린
아이도 둘이나 있었고, 또 큰마음 먹고 차까지 빌렸기 때문에,
아무 데나 우리가 내리고 싶은 데서 내려서 점심을 지어 먹거나
사진도 찍고 도중에 들를 만한 명승지나 고적지까지 잠깐씩 구
경하면서 천천히 갔기에 새벽에 출발한 일행이 하회 마을에 도
착한 건 깜깜해진 후였다.

요새는 어떤지 몰라도 그때만 해도 그 마을엔 여관이 한 군데

밖에 없었다. 그 여관은 이미 졸업 여행을 온 여대생들로 만원이어서 우리 일행을 받아 주지 않았다. 봉고차 속에서 하룻밤을 지새울 궁리를 하고 있는데 지나가던 마을 사람이 아무 데나 가서 재워 달래면 된다고 일러 주었다. 민박촌이 있나 보다 했더니 그게 아니고 아무 집이나 빈 방이 있으면 재워 줄 거라고 했다. 그러나 우리 일행이 열 명이 넘는 대식구인 걸 보더니 과수댁 혼자 사는 집을 소개해 주었다. 마을에서 떨어진 외딴집이었다.

자식들은 다 대처로 나가 혼자 살고 있지만 친척들이 한 식구처럼 정이 많아 외로운 줄 모른다는 과수댁은 우리에게 아래윗방 둘밖에 없는 방을 몽땅 내주고 친척집으로 자러 가 버렸다. 졸지에 그 집 주인이 되어 버린 우리들은 부엌에서 불을 때 밥해 먹고 실컷 놀다가 잠이 들었는데, 그 마음 좋은 주인아주머니가 밤중에 찾아와 나를 깨웠다.

나그네에게 집을 내주고 안심이 안 돼 찾아온 줄 알았는데, 그게 아니라 기름이며 깨소금은 어디 있고 마늘 파는 어디 있다고 알려주러 온 거였다. 내일 아침밥 지을 때 마음대로 꺼내 먹으라는 거였다. 우리는 준비해 간 것이 있는지라 다음 날 그 댁 양념을 조금도 축내지 않았지만 그런 인심이 얼마나 고마웠는지 모른다. 청구한 숙박비도 너무 약소했다.

아침의 하회 마을은 참으로 아름다웠다. 누렇게 익은 벼이삭이 무겁게 고개 숙인 풍요한 들판을 지나 마을로 접어들면서 나는 서울에서 안동군 풍천면으로 봉고차를 타고 여행을 온 게 아니라 20세기에서 16~17세기경으로 타임머신을 타고 여행을 온 게 아아침의 하회 마을은 참으로 아름다웠다.

닌가 하는 환각(幻覺)에 사로잡혔다.

양회가 조금도 섞이지 않은 순전한 토담, 토담 밑에 무리지어 핀 진보랏빛 들국화, 토담 안의 감나무에서 담 안이건 담 밖이건 나그네의 어깨건 가리지 않고 뚝뚝 떨어지는 농익은 연시, 품위 있고 늠름한 양반의 기와집과 하인들의 초가가 한데 어우러진 마을은 곧 어디서 벽제 소리가 들릴 것처럼 몇백 년 전의 반촌의 모습을 그대로 간직하고 있었다.

이 마을엔 풍산 류씨의 종가 건물인 양진당, 임진왜란 때의 명재상 서애(西厓) 류성룡(柳成龍)의 종가 건물인 충효당 등 보물로 지정된 건물을 비롯해서 여러 채의 고래등 같은 기와집이 중요 민속 자료로 지정돼 17세기의 건축미와 마을의 모습을 오늘날까지 고스란히 보여 주고 있다.

특히 충효당은 아직도 류성룡가의 종부(宗婦)가 지키고 있고, 류성룡의 유물을 보관한 영모각은 예전이 아니라 근래에 지은 거지만, 그 안에는 류성룡이 임진왜란의 전황을 객관성 있게 기록한 《징비록》, 《난후잡록》 등의 보물과 류성룡이 전선에서 사용했다는 갑옷, 투구, 허리띠 등이 소장되어 볼 만하다.

하회(河回) 마을은 그 한자 풀이에서도 짐작할 수 있듯이 낙동강 줄기가 마을을 태극 모양으로 휘돌고 있다. 마을을 휘감고 있는 강을 나룻배를 타고 건너면 하회 마을을 한눈에 내려다볼 수 있는 언덕이 있다. 언덕에서 하회 마을을 내려다보면 풍수지리설에 쥐뿔만큼도 아는 게 없는 주제에도 옛사람의 집터 잡는 안목에 감탄과 신비감을 느끼게 된다. 옛사람이 집터를 잡는다는 건 당장 살기 위해서라기보다는 앞으로 몇백 년을 두고 후손이 번창할 자리를 잡는다는 뜻이었다.

언덕에서 내려다본 하회 마을은 낙동강에 떠 있는 한 송이의 커다란 연꽃처럼 보였다.

류씨가는 그 마을에서 류성룡 같은 명재상을 냈을 뿐 아니라 임진왜란 때도 전화를 입지 않았다고 한다. 대개 난리 때 전화를 피할 수 있는 고장이란 깊은 산중에 있기 마련이다. 특히 이 마을은 기름지고 넓은 들을 끼고 있는데, 그것도 이 마을이 근대적인 각박함에 물들지 않은 넉넉함과 관계가 있을 듯하다.

대처(大處) 사람이 많이 살고 상공업이 발달한 번잡한 지역.
양회(洋灰) 토목이나 건축의 재료로 쓰는 접합제.
벽제(辟除) 지위가 높은 사람이 행차할 때, 구종(말의 고삐를 잡고 끌거나 뒤를 따르는 하인) 별배(別陪)가 잡인의 통행을 금하던 일.
반촌(班村) 예전에, 양반들이 모여 사는 동네를 이르던 말.
전화(戰禍) 전쟁으로 말미암은 재화(災禍). 또는 그런 피해.

한반도의 마침표, 마라도

양영훈

마라도의 내력과 자연 환경, 마라도의 아름다운 풍정 등 여행지로서의 마라도에 대해 소개하고 있는 글입니다. 비유하기, 강조하기 등 다양한 표현 방식을 활용함으로써 마라도에 대한 특징을 인상적으로 소개하고 있는 이 글은 여행의 진정한 즐거움과 더불어 우리 국토의 아름다움에 대해 새로운 눈을 뜨게 해 줍니다.

북위 33도 06분, 동경 126도 16분.

국토의 최남단 마라도(馬羅島)로 가는 길은 참으로 멀고도 험하다. 가장 가까운 모슬포항과의 거리는 11km에 불과하고, 송악산 아래의 산이수동 포구에서 유람선을 타면 사십여 분 만에 닿는 곳인데도 그 섬에 발길을 내딛기는 쉽지 않다. 일단 그곳으로 가는 배를 타려고 시도해 보면 그 까닭은 저절로 깨닫게 된다.

먼발치서 바라보는 마라도는 빠른 물살에 떠내려가는 가랑잎 같다. 그러다 좀 더 다가가면 널빤지처럼 보이고, 배가 섬에 닿을 무렵이면 거대한 항공 모함의 형상을 갖춘다. 가랑잎이든 항공 모함이든 간에, 태평양과 동중국해로부터 자꾸 밀려드는 파도 앞에 위태로워 보이기는 마찬가지이다.

거칠 것 없는 마라도의 바다는 파도가 집채만 하다. 구름 한 점 없이 쾌청한 날에도 바다는 잠시도 가만있질 못하고 꿈틀거리거나 춤을 춘다. 그러다 보니 뭍과의 뱃길은 사나흘씩 끊기기가 일쑤고, 때로는 마라도의 선착장까지 가서도 배를 대지 못해 되돌아오는 경우도 있다. 그래서 본도(제주도) 사람들은 가파도와 마라도 사람에게 진 빚은 "가파도(갚아도) 좋고 마라도(말아도) 좋다."라는 우스갯소리를 곧잘 한다. 빚쟁이가 빚 독촉하러 나오기도 힘들 만큼 파도가 높고 조류가 거세다는 말이다.

섬의 내력과 자연환경

마라도는 전체 면적이 0.3km², 해안선의 길이를 다 헤아려도 4.2km에 불과하다. 그리고 동서의 너비는 500m, 남북의 길이는 1,200m가량 된다. 공중에서 내려다본 마라도의 형상은 영락없이 고구마처럼 생겼다. 그러나 뱃전에서는 섬의 형상을 좀체 파악하기 어렵다. 그저 도도록한 풀밭 위에 하얀 등대 하나만 우뚝 서 있을 뿐이다. 그나마도 가까이 다가가면 아예 자취를 감춰 버리고, 대신에 시꺼먼 절벽만 시야를 가득 채운다.

배는 그날의 기상 상태에 따라 동북쪽의 살레덕 선착장이나 서쪽의 자리덕 선착장에 닿는다. 예전에는 동남쪽의 장시덕과 서남쪽의 신작로에 있는 선착장도 이용했다. 어느 선착장을 이용해 섬에 상륙하더라도 동선은 시계 방향으로 이어져 다시 원점으로 돌아오게 마련이다. 섬 전체를 한 바퀴 둘러보는 데는 잰걸음으로 서두르면 한 시간, 소걸음으로 느긋하게 걸어도 두 시간쯤밖에 안 걸린다. 그러니 굳이 동선을 따질 필요도 없다. 그냥 마음 가는 대로, 발길 닿는 대로 돌아다니면 된다. 단, 다시 배에 오를 시간을 감안해서 돌아다녀야 나중에 허둥댄다거나 배를 놓치는 일이 없다.

살레덕 선착장을 통해 마라도에 발을 내디뎠다면 발길은 자연스레 등대가 있는 언덕으로 향한다. 아득한 해안 절벽 위의 부드러운 풀밭 길을 십 분 남짓 걸으면 등대에 당도할 수 있다. 그러니 바삐 서두르지 않아도 된다. 잠시 걸음을 멈추고 시퍼렇게 일렁이는 바다도 내려다보고, 뒤돌아서서 바다 저편에 불끈 솟아오른 한라산과 본도도 한번 쳐다볼 일이다. 가까운 풀밭과 절벽 위에서는 모진 파도와 비바람을 이기고 꽃망울을 터뜨린 풀꽃들도 간간이 눈에 띈다.

오늘날의 마라도는 죄다 풀밭으로 뒤덮여 있다. 그러나 애초부터 그랬던 것은 아니다. 약 150년 전까지만 해도 숲이 울창한 섬이었다고 한다. 1883년에 대정현에 사는 세 가구의 주민이 관아로부터 허가를 얻어 처음 이곳에 들어왔는데, 그들은 화전을 일구기 위해 섬 전역에 불을 질렀다. 이전까지만 해도 뱀과 개구리가 들끓었으나 불을 놓자 모두 헤엄쳐서 본섬으로 달아났다는 이야기가 전해 온다. 그래서인지 오늘날 마라도에는 숲도 없고 뱀이나 개구리도 눈에 띄지 않는다. 최근에는 숲을 조성하기 위해 다시 등대 주변에 수백 그루의 해송을 심어 놓았다. 그러나 바람이 심한 데에다 폭풍우까지 일면 바닷물이 섬 안쪽까지 흩날리기 때문에 애써 심은 나무가 말라 죽는 일이 잦다.

마라도에는 초본 식물도 별로 없다. 등대 부근의 절벽에서 자라는 손바닥선인장과 등대 남쪽에 군락을 이룬 억새 이외에는 관광객들의 눈길을 끌 만한 게 없다. 그러나 유심히 살펴보면, 바닷가의 갯바위에서 무리 지어 자라는 갯까치수염과 땅채송화, 절벽 위에 홀로 서서 연분홍 꽃을 피우는 엉겅퀴 등을 발견할 수 있다.

마라도의 육상에서 관찰되는 동식물은 많지 않지만, 주변 바다에는 다양한 종류의 해양 생물이 서식한다. 특히 난대성 해조류가 잘 보존된 마라도 해역은 제주도나 육지 연안과는 사뭇 다른 식생을 보여 준다. 우리나라에서 난대성 해양 동식물이 가장 많이 서식하고 자연 경관도 아름다운 마라도는 섬 전체가 '마라도 천연 보호 구역(천연기념물 제423호)'으로 지정돼 있다.

마라도의 아름다운 풍정들

마라도에서 가장 높다는 동남쪽 해안 절벽의 높이는 해발 36m이다. 이 섬의 상징물이나 다름없는 등대가 그곳에 세워져 있다. 1915년에 처음 세워진 이 등대는 마라도보다 더 유명하다. 세계적으로 사용되는 해도(海圖)에 제주도는 없어도 마라도 등대는 반드시 표기돼 있다고 한다. 38km 밖의 해상에서도 보인다는 불빛으로써 제주도 남쪽 바다의 뱃길을 밝혀 주기 때문이다. 이 등대는 중요한 뱃길의 표지일 뿐만 아니라 마라도의 전복 모양의 마라도 성당(앞)과 우뚝한 등대(뒤).
이토록 작고 밋밋한 섬에 등대마저 없었다면,
그 풍경이 얼마나 단순하고 삭막했을까?

© 양영훈

풍경을 훨씬 더 풍요롭게 하는 조형물이기도 하다. 이토록 작고 밋밋한 섬에 등대마저 없었다면, 그 풍경이 얼마나 단순하고 삭막했을까?

우뚝한 등대와 전복 모양의 마라도 성당을 지나면 "大韓民國最南端(대한민국 최남단)"이라고 새겨진 빗돌이 보인다. 이 주변은 빗돌을 배경으로 기념사진을 찍으려는 관광객들이 늘 장사진을 이룬다. 어떤 이들은 조금이라도 더 남쪽 끝을 밟아 보기 위해 바닷가로 내려가기도 한다. 이 바닷가에는 마라도 주민들이 서북쪽의 '아기업개당(또는 처녀당)'과 함께 성스러운 곳으로 받들며 해신제(海神祭)를 올리던 '장군 바위'가 있다. 마라도의 본향당인 '아기업개당'은 주민들 대신에 억울하게 죽은 처녀 신의 넋이 서린 곳이고, '장군바위'는 천신(天神)이 지신(地神)을 만나기 위해 강림(降臨)하는 길목이라는 것이다. 사나운 바다를 삶터로 삼고 살아가는 사람들이라 신에 대한 믿음 또한 남달라 보인다.

바닷가를 따라 이어지는 길은 다시 북쪽으로 휘어져 마을로 들어선다. 민가와 등대뿐만 아니라 면 소재지에나 있을 법한 교회, 절, 경찰 출장소, 전화 중계소, 복지 회관, 학교, 음식점 등이 즐비하게 늘어서 있다. 대부분의 건물들이 서쪽의 가운데에만 몰려 있어서 이 지점만 지나면 다시 부드러운 초원과 시원스러운 바다가 눈앞에 펼쳐진다.

마을을 빠져나올 즈음의 길가에는 가파 초등학교 마라 분교가 있다. 운동장에서 공을 차면 바닷물에 빠질 정도로 바다가 가깝고, 해안 절벽 위의 푸른 초원에 들어선 학교 건물이 아담

하면서도 멋스럽다. 그러나 무엇보다 인상적인 것은 특이한 울타리와 교문이다. 울타리는 제주도 특유의 현무암 돌담이고, 교문은 각기 세 개씩의 구멍이 뚫린 돌기둥에다 긴 나무 막대기를 걸친 정낭이다. 이처럼 대한민국에서 가장 남쪽에 위치한 학교는 작고 소박하면서도 더없이 아름답다.

　마라 분교 뒤편의 풀밭을 가로질러서 가파른 계단 길을 내려서면 자리덕 선착장이 나온다. 이 주변의 해안 절벽에는 주민들이 '남대문'이라 일컫는 해식 동굴이 곳곳에 뚫려 있다. 일 년 내내 거친 파도가 밀려드는 탓에 동굴의 규모도 제법 크고 웅장하다. 자리덕 선착장을 떠나는 배 위에서 바라보면 더욱 가관이다. 마치 커다란 고래의 입안에서 간신히 빠져나온 듯한 느낌이 든다. 점차 시야에서 멀어져 가는 마라도는 제 모습을 하나둘씩 감춘다. 마침내 섬은 사라지고, 그 자리에는 넓은 바다에 몸을 내맡긴 가랑잎 하나만 두둥실 떠 있다.

항공 모함(航空母艦) 항공기를 싣고 다니면서 뜨고 내리게 할 수 있는 설비를 갖춘 큰 군함.
도도록하다 가운데가 조금 솟아서 볼록하다.
식생(植生) 어떤 일정한 장소에서 모여 사는 특유한 식물의 집단.
표지(標識) 어떤 사물을 다른 것과 구별하게 하는 표시나 특징.
장사진(長蛇陣) 많은 사람이 줄을 지어 길게 늘어선 모양을 이르는 말.
정낭 제주도의 전통 가옥에서 대문 역할을 하는 것. 집으로 들어오는 길목에 대문 대신 가로로 걸쳐 놓는, 길고 굵직한 나무.

부록

작가 찾아보기

고두현(1963~)

경상남도 남해 출생. 1993년 〈중앙일보〉 신춘문예에 시가 당선되면서 등단함. 시인이자 《한국경제신문》 논설위원을 지내고 있음. 대표적인 시집으로 《늦게 온 소포》, 《물미해안에서 보내는 편지》 등이 있음. 그 외 산문집 《마흔에 읽는 시》, 《교양의 품격》, 《경영의 품격》, 《독서가 행복한 회사》 등을 펴냄.

권용선(1969~)

서울 출생. 대학에서 한국 문학을 공부함. 대표적인 저서로 《아Q정전, 어떻게 삶의 주인이 될 것인가》, 《이성은 신화다, 계몽의 변증법》, 《발터 벤야민의 공부법》, 《읽는다는 것》 등이 있음.

김선우(1970~)

강원도 강릉 출생. 1996년 《창작과비평》 겨울호에 〈대관령 옛길〉 등 10편의 시를 발표하며 등단함. 시집 《내 혀가 입 속에 갇혀 있길 거부한다면》, 《도화 아래 잠들다》 등과 산문집 《김선우의 사물들》, 《우리 말고 또 누가 이 밥그릇에 누웠을까》, 《부상당한 천사에게》 등을 펴냄.

김훈(1948~)

서울 출생. 역사적 소재를 다룬 장편 소설과, 자전거로 우리나라 곳곳을 다닌 경험을 다룬 기행문을 많이 씀. 대표적인 저서로 소설 《칼의 노래》, 《남한산성》, 《공터에서》 등과 산문 《라면을 끓이며》, 《자전거 여행》, 《연필로 쓰기》 등이 있음.

나희덕(1966~)

충청남도 논산 출생. 연세대학교 국문과 졸업. 1989년 〈중앙일보〉 신춘문예에 시 〈뿌리에게〉가 당선되면서 등단함. 대표적인 저서로 《뿌리에게》, 《그 말이 잎을 물들였다》, 《사라진 손바닥》, 《말들이 돌아오는 시간》 등을 펴냄.

박완서(1931~2011)

경기도 개풍 출생. 1950년 서울대학교 국어국문학과에 입학하였으나 6·25 전쟁의 발발로 학업을 중단함. 1970년 《여성동아》 장편소설 공모에 〈나목〉이 당선되어 등단함. 대표적인 저서로 소설 《나목》, 《미망》, 《휘청거리는 오후》, 《그 많던 싱아는 누가 다 먹었을까》, 《자전거 도둑》 등과 산문집 《잃어버린 여행 가방》, 《모독》 등이 있음.

박웅현(1961~)
서울 출생. 고려대학교 신문방송학과 졸업 후 뉴욕대학교 대학원 텔레커뮤니케 이션을 전공함. 카피라이터로, 회사 대표로 활동중임. 대표적인 저서로 《책은 도끼다》, 《다시, 책은 도끼다》, 《여덟 단어》, 《인문학으로 광고하다》 등이 있음.

법정(1932~2010)
전라남도 해남 출생. 전남대학교 상과대학에 다니던 중 출가를 결심함. 치열 한 수행을 거쳐 교단 안팎에서 활발히 활동하던 중 1975년 송광사 뒷산에 불일 암을 짓고 홀로 살기 시작함. 대표적인 저서로 《무소유》, 《물소리 바람소리》, 《홀로 사는 즐거움》 등이 있음.

성석제(1960~)
경상북도 상주 출생. 연세대학교 법학과 졸업. 1994년 소설집 《그곳에는 어처구 니들이 산다》를 내면서 소설을 쓰기 시작함. 대표적인 저서로 《황만근은 이렇 게 말했다》, 《위풍당당》, 《투명인간》, 《성석제의 농담하는 카메라》 등이 있음.

양귀자(1955~)
전라북도 전주 출생. 원광대학교 국문학과 졸업. 1978년 〈다시 시작하는 아침〉 으로 《문학사상》 신인상을 수상하며 등단함. 대표적인 저서로 소설 《원미동 사 람들》, 《나는 소망한다 내게 금지된 것을》, 《천년의 사랑》 등과 산문집 《삶의 묘약》 등이 있음.

양영훈(1965~)
전라북도 남원 출생. 여행 작가이자 사진작가. 주요 저서로는 《아름다운 바다 여 행 1, 2》, 《대한민국 대표 여행지》, 《1년 52주 고민 없이 떠나는 똑똑한 여행책》 등 이 있음.

오소희(1971~)

서울 출생. 광고회사에서 일했으며, 세계 여러 곳을 여행한 경험을 바탕으로
한 수필을 많이 쓰고 활동함. 저서에 《바람이 우리를 데려다주겠지!》, 《하쿠나
마타타 우리 같이 춤출래?》 등이 있음.

우종영(1954~)

서울 출생. 자신이 느꼈던 나무 생태 감성을 어린이에게도 보여 주고자 책을
쓰기 시작함. 대표적인 저서로 《나는 나무처럼 살고 싶다》, 《게으른 산행》, 《나
무야, 나무야 왜 슬프니?》, 《나무 의사 큰손 할아버지》 등이 있음.

유기억(1965~)

강원도 횡성 출생. 강원대학교 생물학과를 졸업하고, 같은 대학원에서 식물분류
학 석사와 박사 학위를 받음. 대표적인 저서로 《솟은땅 너른땅의 푸나무》, 《특징
으로 보는 한반도 제비꽃》, 《한반도 관속식물 분포도》, 《양구의 산채》 등이 있음.

유달영(1911~2004)

경기도 이천 출생. 1936년 수원 고등농림학교(현재의 서울대학교 농과대학) 졸
업. 미국 미네소타 대학교에서 공부한 후 1972년 건국대학교에서 명예 농학 박
사 학위를 받음. 농학자이자 사회 운동가로 활동함. 대표작으로 《유토피아의
원시림》, 《인간 발견》, 《흙과 사랑》 등이 있음.

유애리(1958~)

서울 출생. 건국대학교 영문과 졸업. 한국방송 아나운서로, 한국방송 아나운
서실 전(前) 한국어연구부 부장을 지냄. 《그 길은 아름답다》를 엮어 냄.

이규보(1168~1241)

고려 중기의 문신, 학자, 문인. 호는 백운거사(白雲居士). 호탕하고 활달한 시
풍이 두드러지는 명문장가로 알려졌음. 현재까지도 고려 시대를 통틀어 가장
뛰어난 문인으로 평가받고 있으며 대표 저서로 《동국이상국집》, 《동명왕편》,
《백운소설》 등이 있음.

이남호(1956~)

부산 출생. 고려대학교에서 한국 문학을 공부하고 동 대학원에서 박사 학위를 받음. 1980년 〈조선일보〉 신춘문예 평론 부문에 당선되어 문학 평론가로 활동하기 시작함. 대표적인 저서로 《문학의 위족》, 《녹색을 위한 문학》, 《교과서에 실린 문학 작품을 어떻게 가르칠 것인가》, 《남김의 미학》 등이 있음.

이문구(1941~2003)

충청남도 보령 출생. 1961년 서라벌예술대학 문예창작과에 입학해 김동리, 서정주 등에게 수학했고, 1966년 김동리의 추천으로 《현대문학》에 단편 〈다갈라 불망비〉로 등단함. 대표적인 저서로 소설 《관촌수필》, 《우리동네》, 《매월당 김시습》 등과, 신문집 《끝장이 없는 책》 등이 있음.

이미애(1961~)

경기도 파주 출생. 고려대학교 사학과와 조지아대학교 대학원 영어교육과 졸업. 방송 작가로 활동함. 〈성덕 바우만〉, 〈한국의 미〉 등 주로 다큐멘터리를 씀. 대표적인 저서로 《TV동화 행복한 세상》, 《사막에 숲이 있다》 등을 펴냄.

이상국(1961~)

경상북도 경주 출생. 〈매일경제〉, 〈조선일보〉, 〈아시아경제〉 등에서 기자 생활을 하였으며, 2010년 《열린시학》에서 신인상을 받고 '이빈섬'이란 필명으로 등단함. 시와 인물과 고전과 예술에 관심이 많아 《남자현 평전》, 《옛시 속에 숨은 인문학》, 《미인별곡》, 《옛사람들의 걷기》 《눈물이 빗물처럼》, 《추사에 미치다》 등 다수의 저서를 출간함.

이순원(1957~)

강원도 강릉 출생. 강원대학교 경영학과 졸업. 1985년 〈강원일보〉 신춘문예에 단편 소설 〈소〉와 1988년 《문학사상》 신인상에 단편 소설 〈낮달〉이 각각 당선되면서 등단함. 대표적인 저서로 《그 여름의 꽃게》, 《얼굴》, 《말을 찾아서》, 《은비령》, 《아들과 함께 걷는 길》, 《오목눈이의 사랑》, 《내 인생의 한 사람》 등이 있음.

이양하(1904~1963)
평안남도 강서 출생. 1930년 도쿄제국대학 영문과 졸업. 수필가이면서 영문
학자로 활동함. 대표적인 저서로《젊음은 이렇게 간다》,《신록예찬》,《나무》,
《이양하 수필 선집》등이 있음.

이익섭(1938~)
강원도 강릉 출생. 서울대학교 국어국문학과와 동 대학원을 졸업. 서울대학교
인문대학 국어국문학과 교수를 거쳐 국어학회 회장, 국립국어연구원 원장, 한
국어세계화재단 이사장을 지낸 후 서울대학교 명예교수를 지냄. 대표적인 저
서로《국어문법론 강의》,《방언학》,《국어학개설》,《한국의 언어》,《한국어 문
법》,《한국언어지도》,《꽃길 따라 거니는 우리말 산책》등이 있음.

이청준(1939~2008)
전라남도 장흥 출생. 서울대학교 독어독문학과 졸업. 한양대와 순천대 교수를
역임. 1965년〈사상계〉에 단편〈퇴원〉이 당선되어 문단에 나온 이후 40여 년
간 많은 작품을 남김. 대표 저서로《병신과 머저리》,《당신들의 천국》,《서편
제》등이 있음.

이해인(1945~)
강원도 양구 출생. 올리베따노 성 베네딕도 수녀회 수녀이자 시인. 1970년〈소
년〉지에 동시를 발표하며 등단함. 시집으로《민들레 영토》,《작은 위로》, 산문
집으로《향기로 말을 거는 꽃처럼》,《인생의 열 가지 생각》등을 펴냄.

이현주(1944~)
충청북도 충주 출생. 감리교신학대학 졸업. 19세에 동화를 쓰기 시작함. 동화
작가, 수필가, 번역가, 목사 등 다방면으로 활동하고 있음. 대표적인 저서로
《바보 온달》,《외삼촌 빨강 애인》,《알게 뭐야》,《날개 달린 아저씨》등이 있음.

임병식(1946~)
전라남도 보성 출생. 1989년《한국수필》로 등단함. 대표적인 저서로《지난 세월
한 허리를》,《인형에 절 받고》,《동심으로 산다면》,《수필 쓰기 핵심》등이 있음.

장영희(1952~2009)

서울 출생. 서강대학교 영문과를 졸업한 후 뉴욕 주립대에서 영문학 박사 학위를 받음. 수필가, 영문학자, 번역가로 활동함. 수필집으로 《내 생애 단 한 번》, 《문학의 숲을 거닐다》, 《견디지 않아도 괜찮아》 등을 펴냄.

장회익(1938~)

경상북도 예천 출생. 서울대학교 물리학과 졸업. 서울대학교 명예교수를 지냄. 대표적인 저서로 《과학과 메타과학》, 《물질, 생명, 인간》, 《생명을 어떻게 이해할까?》, 《공부 이야기》, 《공부의 즐거움》 등이 있음.

정민(1961~)

충청북도 영동 출생. 한양대학교 국문과를 졸업하고 모교 국문과 교수로 재직 중임. 대표적인 저서로 《열여덟 살 이덕무》, 《18세기 조선 지식인의 발견》, 《마음을 비우는 지혜》, 《돌 위에 새긴 생각》, 《책 읽는 소리》 등이 있음.

정병욱(1922~1982)

경상남도 김해 출생. 연희전문학교를 거쳐 서울대학교 국어국문학과를 졸업. 이후 국문학자로서, 한국 고전 문학 분야에서 탁월한 연구 업적을 남김. 대표적인 저서로 《국문학 산고》, 《한국 고전시가론》, 《윤동주》 등이 있음.

정진권(1935~2019)

충청북도 영동 출생. 서울대학교 사범대학 국어교육과와 명지대학교 대학원 국어국문학과(석사)를 졸업. 한국체육대학교 교수를 역임했으며, 동 대학 명예교수를 지냄. 대표적인 저서로 《푸르른 나무들에 저 붉은 해를》, 《비닐우산》, 《작은 도전자》, 《내 아내는 잘라 팔 머리가 없다》, 《짜장면》 등이 있음.

정채봉(1946~2001)

전라남도 순천 출생. 동국대학교 국문과 졸업. 1973년 〈동아일보〉 신춘문예 동화 부문에 〈꽃다발〉이 당선되며 등단함. '성인 동화'라는 새로운 문학 용어를 만들어 냄. 수필집 《스무 살 어머니》, 《단 하나뿐인 당신에게》 등과 동화집 《푸른 수평선은 왜 멀어지는가》, 《물에서 나온 새》, 《오세암》 등을 펴냄.

정호승(1950~)
경상남도 하동 출생. 경희대학교 국문과와 동 대학원 졸업. 1972년 〈한국일보〉
신춘문예에 동시 〈석굴암을 오르는 영희〉가, 1973년 〈대한일보〉 신춘문예에 시
〈첨성대〉가, 1982년 〈조선일보〉 신춘문예에 단편소설 〈위령제〉가 각각 당선되
어 문단에 등단함. 대표적인 시집으로 《슬픔이 기쁨에게》, 《외로우니까 사람이
다》, 《풀잎에도 상처가 있다》 등이 있고, 산문집 《소년부처》, 《정호승의 위안》
등을 펴냄.

조지훈(1920~1968)
경상북도 영양 출생. 1939년 《문장》에 〈고풍의상〉으로 등단함. 청록파 시인의
한 사람으로 민족적 전통이 깃든 시를 주로 썼음. 주요 작품으로 〈승무〉, 〈풀
잎단장〉, 〈역사 앞에서〉, 〈여운〉 등을 남김.

최순우(1916~1984)
경기도 개성 출생. 개성의 송도고등보통학교 졸업. 1943년 개성부립박물관에서
일하다가 1945년 서울의 국립박물관으로 자리를 옮긴 후, 1974년 국립중앙박물
관장에 취임하여 작고하던 해인 1984년까지 한국 미술 진흥에 이바지함. 대표
적인 저서로 《한국미술사 개설》, 《한국 공예사》, 《한국미 한국의 마음》 등이 있
고, 유고집으로 《최순우 전집》, 《무량수전 배흘림기둥에 기대서서》 등이 있음.

최은숙(1966~)
충청남도 연기 출생. 국어 교사이며 시인임. 시집으로 《집 비운 사이》, 산문집
으로 《세상에서 네가 제일 멋있다고 말해 주자》, 《미안, 네가 천사인 줄 몰랐어》,
《성깔 있는 나무들》 등을 펴냄.

한현미(1971~)
중학교 교사. 아름다운 공간은 아름다운 생각을 만들고, 아름다운 생각은 아름
다운 행동을 낳는다는 생각을 바탕으로 공간과 관련한 공부를 지속함. 주요 저
서로 《공간의 인문학》, 《더불어 읽기》 등이 있음.

1부 경험과 성장

작가	작품명	출처
성석제	어느 날 자전거가 내 삶 속으로 들어왔다	《성석제의 농담하는 카메라》 (문학동네, 2016.)
성석제	선물	《성석제의 농담하는 카메라》 (문학동네, 2016.)
장영희	괜찮아	《견디지 않아도 괜찮아》(샘터, 2008.)
장영희	엄마의 눈물	《내 생애 단 한 번》(샘터, 2010.)
이순원	내 마음의 희망등	《내 인생의 한 사람》(한길사, 2004.)
이미애	따뜻한 조약돌	《TV동화 행복한 세상 1》(샘터, 2011.)
유달영	누에와 천재	《국어 시간에 수필 읽기 1》 (우리학교, 2012.)
정채봉	별명을 찾아서	《스무 살 어머니》(샘터, 2006.)
정진권	막내의 야구 방망이	《작은 도전자》(다림, 2016.)
이상국	웃기는 짬뽕, 웃기는 짜장면	《아시아경제》(2014.12.21.)
최은숙	아끼다가 똥 될지라도	《미안, 네가 천사인 줄 몰랐어》 (샨티, 2006.)
이청준	아름다운 흉터	《아름다운 흉터》(열림원, 2004)

2부 깊은 생각, 다른 시선

작가	작품명	출처
정호승	네모난 수박	《정호승의 위안》(열림원, 2013.)
유기억	붉은 꽃잎이 아름다운 동백	《솟은땅 너른땅의 푸나무》 (지성사, 2012.)
우종영	보잘것없는 나무들이 아름다운 이유	《나는 나무처럼 살고 싶다》 (걷는나무, 2009.)
이양하	나무	《이양하 수필 선집》 (지식을만드는지식, 2017.)
최순우	부석사 무량수전	《무량수전 배흘림기둥에 기대서서》 (학고재, 2008)
정진권	개미론	《중학생이 꼭 읽어야 할 수필》 (타임기획, 2002.)
이남호	눈 내린 풍경을 바라보며	강원청소년사이버문학 누리집
이문구	열보다 큰 아홉	《끝장이 없는 책》(랜덤하우스, 2005.)
양귀자	사막을 같이 가는 벗	《삶의 묘약》(샘터, 1996.)
나희덕	실수	안도현 외, 《괜찮아, 네가 있으니까》 (마음의숲, 2009.)
법정	무소유	《무소유》(범우사, 2004.)

3부 말, 글, 책

작가	작품명	출처
유애리	우리말을 생각한다	《새 국어생활》 (제25권 제1호, 국립국어원, 2015.)
정민	울림이 있는 말	《책 읽는 소리》(마음산책, 2002.)
고두현	인쇄 중에도 문장 고쳐 쓴 발자크	《한국경제》(2017.9.1.)
임병식	문을 밀까, 두드릴까	《수필 쓰기 핵심》(해드림출판사, 2019.)
성석제	맛있는 책, 일생의 보약	국립어린이청소년도서관 누리집
권용선	읽으면 읽을수록 좋은 만병통치약	《읽는다는 것》(너머학교, 2010.)
박웅현	《토지》는 히끼닥하지 않았다	박웅현, 강창래, 《인문학으로 광고하다》 (알마, 2009.)
장회익	책과 여우 이야기	《공부의 즐거움》(생각의나무, 2011.)
조지훈	책이 놓는 다리	《조지훈(청소년이 읽는 우리 수필 3)》 (돌베개, 2003.)
정병욱	잊지 못할 윤동주의 일들	《윤동주》 (김학동 편, 서강대학교출판부, 2006.)
이해인	잘 준비된 말을	《꽃삽》(샘터사, 2003.)
이익섭	'꽃'인가 '꽃'인가	《꽃길 따라 거니는 우리말 산책》 (신구문화사, 2015.)

4부 더불어 세상

작가	작품명	출처
정채봉	'너는······' 대신에 '나는······'으로 말 트기	《단 하나뿐인 당신에게》 (샘터, 2013.)
김선우	지렁이 울음소리를 들을 수 있는 세상	《부상당한 천사에게》 (한겨레출판, 2016.)
이현주	자기만의 몫을 찾아서	《국어 시간에 수필 읽기 1》 (우리학교, 2012.)
이규보	집을 수리하고 나서	《욕심을 잊으면 새들의 친구가 되네》 (돌베개, 2006.)
오소희	부딪치면서 배워요	《지금은 서툴러도 괜찮아》 (샘터사, 2012.)
김훈	섬진강 기행	《자전거 여행 1》(문학동네, 2014.)
한현미	공간이 우리의 삶을 만든다	《공간의 인문학》(맘에드림, 2018.)
법정	초가을 산정에서	《물소리 바람소리》(샘터, 2001.)
박완서	타임머신을 타고 간 여행 -하회 마을 기행	《잃어버린 여행 가방》 (실천문학사, 2005.)
양영훈	한반도의 마침표, 마라도	《아름다운 바다 여행 2》 (돌베개, 2000.)